La

La *v*orágine

José Eustasio Rivera
Adaptador: Margarita Pinto
Ilustraciones: Francisco de Anda

LLUVIA de CLÁSICOS

EDITORIAL TRILLAS

México, Argentina, España,
Colombia, Puerto Rico, Venezuela

Catalogación en la fuente

La vorágine / José Eustasio Rivera ; adaptador,
Margarita Pinto ; ilustrador, Francisco de Anda. --
México : Trillas, 2008.
167 p. : il. ; 21 cm. -- (Lluvia de clásicos ; 39)
ISBN 978-968-24-7973-1

1. Literatura infantil. I. Rivera, José Eustasio.
II. Pinto, Margarita. III. Anda, Francisco de, il. IV. Ser.

D- 808.068'L224v   LC- PZ71'L5.8

División Comercial
Calzada de la Viga 1132
C. P. 09439, México, D. F.
Tel. 56330995
FAX 56330870

www.trillas.com.mx

Miembro de la Cámara Nacional de
la Industria Editorial
Reg. núm. 158

Derechos reservados
© 2008, Editorial Trillas, S. A. de C. V.

Primera edición, agosto 2008
ISBN 978-968-24-7973-1

División Administrativa
Av. Río Churubusco 385
Col. Pedro María Anaya, C. P. 03340
México, D. F.
Tel. 56884233, FAX 56041364

Impreso en México
Printed in Mexico

Presentación

JOSÉ EUSTASIO RIVERA
(1888–1928)

Novelista y poeta, José Eustasio Rivera nació en Neiva, Colombia en 1888, año muy importante porque con la publicación de la revista *Azul*, impulsada por Rubén Darío y sus seguidores, marca el inicio del movimiento literario llamado Modernismo.

A la edad de 18 años, Rivera ingresó a la Escuela Normal de Bogotá, la capital colombiana, en donde obtuvo el título de maestro, y enseguida fue nombrado inspector escolar del Departamento de Tolima.

Siete años más tarde conquistó el grado de doctor en Derecho y Ciencias Políticas. Su primera publicación, que data de 1922, consta de una serie de sonetos a los que llamó *Tierra de promisión*, los cuales, con claros tintes modernistas y simbolistas hablan de la belleza bárbara de la naturaleza colombiana, para describir con gran refinamiento el paisaje natural de su país natal. Dos años más tarde, en 1924, publicó *La vorágine*. El horizonte que le sirvió de inspiración fue un lugar llamado Casarane, y la narración incluye tanto aspectos pastoriles como épicos. A esta novela se le ha asociado tradicionalmente con la historia de los caucheros colombianos, y cuya figura central, Arturo Cova, es irremediablemente devorado por la selva.

Novela que a pesar del tiempo sigue figurando en las listas de las grandes narraciones hispanoamericanas, sustenta su narración en diversas anécdotas: una serie de acontecimientos que ocurren en la selva y en los llanos colombianos, todos ellos unidos por la presencia del personaje principal, Arturo Cova, trotamundos, trovador y enamorado.

Tanto por su carácter de testimonio de denuncia, como por su descripción barroca y fascinante de la selva tropical, la novela *La vorágine,* de José Eustasio Rivera ejerció singular influencia en la evolución de la narrativa hispanoamericana.

Hacia 1922, Rivera formó parte de una comisión oficial, integrada por el gobierno de su país, cuya misión fue establecer adecuadamente los linderos de la frontera entre Colombia y Venezuela, y este cargo le permitió conocer en todo su esplendor la selva amazónica y las precarias condiciones en las que vivían los caucheros, tema de su novela.

La vorágine narra en primera persona la huida de Arturo Cova, personaje central de la historia, su llegada a las caucheras y su posterior pérdida en la selva, al tiempo que marca cronológicamente la aparición de otras novelas con una temática similar: *Doña Bárbara,* del venezolano Rómulo Gallegos y *El mundo es ancho y ajeno* del peruano Ciro Alegría, por nombrar sólo algunas.

Después de la publicación de *La vorágine,* Rivera continuó ocupando diversos cargos diplomáticos, pero no volvió a publicar ninguna otra obra.

José Eustasio Rivera falleció el 19 de febrero de 1928 en la ciudad de Nueva York.

Índice

Primera parte

Antes de que me apasionara por mujer alguna, jugué mi corazón al azar y me lo ganó la Violencia. Ambicionaba el amor ideal, que me encendiera espiritualmente, como la llama sobre el leño que la alimenta.

Cuando los ojos de Alicia me trajeron la desventura, ya había renunciado a sentir un afecto puro.

Alicia me amgó sin vacilaciones. Ni siquiera pensó en casarse conmigo en los días en que sus parientes, patrocinados por el cura, estaban resueltos a someterme a la fuerza.

Cuando la arrojaron del seno de la familia, le dije una noche:

—¡Huyamos. Toma mi suerte, pero dame el amor.

¡Y huimos!

Llegamos a Casanare[1] y el insomnio fue mi confidente.

A través del mosquitero veía parpadear las estrellas. Las palmeras enmudecían; un silencio infinito flotaba sobre nosotros. Alicia dormía en su catrecito de campaña.

Mi alma tuvo entonces serias reflexiones:

—¿Qué has hecho de tu destino? El alma de Alicia no te ha pertenecido nunca; te hallas tan lejos de ella como la constelación sobre el horizonte.

[1]Intendencia de Colombia, situada al este.

Me sentí pusilánime, empezaba a invadirme el fastidio. Alicia me estorbaba, ¡si al menos fuera más ágil, más arriscada!, pero la pobre salió de Bogotá sin saber montar a caballo, el rayo del sol la congestionaba, y cuando prefería caminar, yo debía de imitarla.

Las leyendas de Casanare, nunca me aterraron. Avanzábamos, incapaces de esquivar a los campesinos que se detenían preguntando:

—¿Por qué va llorando la niña?

En previsión de que nos detuvieran las autoridades, pasamos la noche en Cáqueza, en las afueras del pueblo, cerca de una enramada donde funcionaba un trapiche. Desde lejos veíamos el resplandor de la hornilla donde se cocía la miel, por el que atravesaban las sombras de los bueyes que movían el mayal y los chicuelos que los cuidaban.

Esa noche las mujeres le dieron a Alicia un cocimiento para calmarle la fiebre. Ahí permanecimos una semana.

El peón que envié a Bogotá, me trajo noticias en una carta que me enviaba un amigo. El escándalo ardía y los periódicos lo recogían: "¡Los prenderán! No te queda más refugio que Casanare."

Esa misma tarde me advirtió Alicia que pasábamos como huéspedes sospechosos. La dueña de la casa le preguntó si éramos hermanos o esposos y si estábamos dedicados a "fabricar —falsificar— monedas". Al día siguiente partimos antes del amanecer.

—¿No crees Alicia que vamos huyendo de un fantasma que nosotros mismos hemos creado? ¿No sería mejor regresar? —le dije.

—¡Tanto me hablas de eso que creo que ya te cansé! ¿Por qué me trajiste? ¡Ni tú ni Casanare merecen la pena!

Y de nuevo se echó a llorar.

Permanecí mudo. En eso, se quejó del descaro con que yo la engañaba:

—¿Crees que no advertí tus persecuciones a la muchacha de allá abajo? ¿Y tanto disimulo para perseguirla? ¡Déjame, a Casanare jamás, y contigo, ni al cielo!

No sabía qué decir. Cuando iba a improvisar una explicación, vimos por la pendiente a un hombre en dirección a nosotros.

—Caballero, permítame una palabra *sumercé*. Mi padrino le manda notificar esto —dijo alargándome un papel enrollado.

—¿Quién es su padrino?

—Es el Alcalde.

—Esto no es para mí —dije devolviendo el papel, sin haberlo leído—. Yo voy de Intendente a Villavicencio y esta señora es mi esposa.

—¿Qué ustedes no son los que estuvieron en el trapiche? Alguien mandó razón al pueblo para que la autoridad los detuviera, pero como mi padrino no estaba... Por eso me tardé dos días en dar con ustedes. Yo fui nombrado Comisario...

Sin dar tiempo a más aclaraciones, Alicia y yo partimos. De repente, el extraño montó en su yegua y nos alcanzó por el flanco, sonriendo:

—*Sumercé*, firme la notificación, para que mi padrino vea que cumplí. Porque de lo contrario me archiva, me encierra.

Dijo llamarse Pepe Morillo Nieto, mejor conocido por Pipa.

Anduvimos un buen trecho, hasta se ofreció llevar nuestra maleta. Habló cuanto pudo, presumiendo de que él sí conocía Casanare:

—Conozco el Llano y las caucherías, donde sacan el caucho, del Amazonas. Mucho tigre y mucha culebra he matado con la ayuda de Dios.

El Pipa pernoctó con nosotros en las cercanías de Villavicencio. Y esa noche se picureó,[2] robándose mi caballo ensillado.

[2] Se fugó.

Mientras mi memoria se empañaba con [...]dos, una claridad rojiza se encendió de sú[...] fogata a pocos metros de nuestro camp[...] alejar a los tigres y otros riesgos nocturnos. Arrodillado ante ella, don Rafo la soplaba con su resuello.

Volví a recordar que debía iniciar una vida muy distinta de la anterior, comprometiendo el resto de mi juventud y hasta la razón de mis ilusiones.

Alicia debía pensar lo mismo. Ella también era como una semilla en el viento, sin saber a dónde llegar y miedosa de la tierra que la esperaba. La oía decir:

—¿Cómo podrás pagar lo que me debes? No será enamorando a las campesinas de las posadas. El amparo que ahora te pido no es el de tu dinero, es el de tu corazón.

—Eso te lo di de manera espontánea. Por ti dejé todo y me lancé a la aventura. ¿Pero tendrás valor de sufrir y confiar? —le pregunté.

—¿No hice por ti todos los sacrificios? —me respondió con otra pregunta.

—Pero le temes a Casanare... —afirmé yo.

—Le temo por ti.

—¡La adversidad será una y nosotros seremos dos!

Este era el diálogo que sosteníamos mientras esperábamos al jefe de la gendarmería en Villavicencio, un militar que nos saludó de esta manera:

—¡Oh, poeta! Esta chica es digna hermana de las nueve musas. ¡No seas egoísta con los amigos! ¡Qué pimpollo! ¿Ya no te acuerdas de mí? Soy el general Gámez y Roca; cuando eras pequeña solías sentarte en mis rodillas.

Y probó sentarla de nuevo.

Lo degradé con un salivazo:

—¡Pero poeta —dijo— déjame la muchacha porque se te muere en el Casanare. Soy amigo de sus papás. ¡El cuerpo del delito es para mí! ¡Déjamela!

Con un zapato de Alicia lo acometí a golpes de tacón en el rostro y en la cabeza, desplomándose sobre un saco de arroz.

Alicia, don Rafo y yo huimos en busca de las llanuras.

Ya era de mañana cuando don Rafo nos despertó:

—Aquí está el café, despabílense niños, que estamos en Casanare. Y señalándonos la cordillera continuó:

—Despidámonos de ella, porque no la volveremos a ver. Sólo quedan llanos, llanos y llanos.

—Es encantador Casanare —repetía Alicia.

—Es que esta tierra —dijo don Rafo— lo alienta a uno para gozarla y para sufrirla. El sol, el viento y la tempestad, son nuestros hermanos.

Don Rafo tenía más de sesenta años y había sido compañero de mi padre en alguna campaña. Tenía la barba canosa, los ojos tranquilos, la calva luciente, de estatura mediana que contagiaba su simpatía y su benevolencia.

Cuando oyó mi nombre en Villavivencio, supo que sería detenido. Nos ayudó en todo, y se ofreció a ser nuestro guía de ida y vuelta.

Después de su ruina, viudo y pobre, con dinero de su yerno recorría los Llanos como ganadero y mercader ambulante. Cuando nos encontramos

arreaba a unos caballejos hacia las fundaciones de río Meta.

—¿Está usted seguro que ya estamos libres del general? —le pregunté.

—Sin duda alguna.

Mientras hablaba, iba preparando sus dos mulas para el viaje. Nos comentó que el Pipa era un astuto salteador, varias veces prófugo y capitán de indios salvajes. Tuvimos suerte de que sólo nos robara una bestia. La aurora surgió, sin que advirtiéramos el momento preciso. Un vapor ondulaba en la atmósfera. Las estrellas se adormecieron y apareció un celaje de incendio. Alicia abrazándome amorosa decía:

—¡El sol!, ¡el sol!

Luego, proseguimos la marcha y nos hundimos en la inmensidad.

Todas las preguntas que hacíamos a don Rafo las contestaba con autoridad. Poco a poco, el regocijo fue cediendo al cansancio. La conversación se hacía difícil, pues don Rafo iba puntero[3] llevando en la diestra a una bestia, tras la cual trotaban las otras.

Con frecuencia me desmontaba para refrescar las sienes de Alicia frotándolas con un limón verde. No había ni un árbol donde descansar; hacia la tarde, como los caballos iban sueltos, empezaron a galopar a considerable distancia de nosotros.

[3]Delante de todos.

—Ya ventearon el bebedero —observó don Rafo.

Después de un largo rodeo penetramos en la espesura de unos pantanos inmundos. Con el machete, don Rafo limpió un lugar de maleza en donde se acostó Alicia; la cubrimos con un mosquitero para protegerla de las abejas que se enredaban en su pelo.

Cuando íbamos a buscar agua, Alicia nos acompañó a una laguneta de aguas amarillosas. Al agacharme, don Rafo, rápido como el grito de Alicia, me detuvo; había emergido una serpiente guío, que a mis tiros se sumergió.

Regresamos sin agua. Alicia se reclinó bajo el mosquitero. Tuvo vahídos, pero la cerveza le aplacó las náuseas. Con espanto comprendí lo que le pasaba, y, abrazando a la futura madre, lloré todas mis desventuras.

Al verla dormida, me aparté con don Rafael y escuché sus consejos.

—Regresaremos a Bogotá dentro de tres meses. Además, en Casanare, los hijos legítimos o no, se quieren lo mismo. Aunque el escándalo de sus parientes será fuerte, Alicia es inteligente, bien educada y de origen honesto. Usted sólo tiene un problema, adquirir dinero para sustentar a la familia modestamente. El resto viene por añadidura.

—Don Rafo —le dije— yo miro las cosas desde otro aspecto. Con respecto a Alicia, el más grave problema lo llevo yo, es que sin estar enamorado vivo como si lo estuviera, con la convicción de que me sacrificaré por una dama, que no es la mía, por un amor que no conozco. ¡Hoy he llorado por mis aspiraciones engañadas, por mis sueños desvanecidos, por lo que no fui, por lo que ya no seré jamás!

En este punto, Alicia estaba despierta y parecía oír lo que yo decía. Aunque le pregunté si quería algo, su silencio me desconcertó.

Ocho días después llegamos a la hacienda o fundación La Maporita, propiedad de un amigo de don Rafo.

Salieron a recibirnos dos mastines con ladridos desaforados. Sin apearse del caballo, don Rafo gritó:

—Alabado sea el Señor. ¿No hay quien venga a detener a los perros?

—Y su madre santísima, prosigan, los perros no muerden, ya mordieron —respondió una voz de mujer.

Una mulata decrépita se asomó por la puerta de la cocina y nos dijo:

—La niña Griselda está en el río, se está bañando— y volvió a sus quehaceres.

Pasamos al cuarto de sala. Al poco rato, entró la niña Griselda. Al vernos exclamó:

—Está a sus órdenes este rancho.

De inmediato pidió café a Bastiana, la vieja mulata, y sentándose junto a Alicia, le preguntó si le vendía los diamantes de los pendientes que traía puestos. Don Rafo le preguntó si le interesaba ese negocio, a lo que respondió:

—¡*Naá*! Nos estamos recogiendo para dejar la tierra. Barrera, ha venido a llevar a la gente para que saque el caucho en el río Vichada.

—Pero, ¿ustedes se creen de esa ficha? —preguntó alarmado don Rafo.

—Cáyese, don Rafo, no desanime a Fidel.

—Niña Griselda este viaje puede ser un percance.

—Don Rafo, el que no arriesga no pasa el *má*. Nos ha *entusiamao* a todos.

Después nos hizo una descripción de las mercancías que había traído Barrera y que todos en la localidad ya le habían comprado, noticia que desanimó a don Rafo, pues ya no tenía sentido que sacara "sus petaquitas". Al fin llegó la vieja Bastiana con un café, que ni Alicia ni yo pudimos tomar hasta que la niña Griselda nos trajo un poco de miel.

Dirigiéndose a Alicia le comentó que su traje era muy bonito y qué buenos botines traía, le preguntó si ella había cortado el vestido:

—No señora —respondió Alicia— aunque entiendo algo de modistería, estuve tres años en un colegio asistiendo a la clase.

19

—¿Me enseña, verdad que me enseña? Pa eso compré la máquina y miren qué lujos de telas tengo aquí. Me las regaló Barrera.

Las telas resultaron ser cortes comunes. Luego, nos mostró unas postales del fábrico en el Vichada, y nos dijo:

—Aquí viven má de mil hombres y *tóos* ganan una libra diaria. Ayá voy a poner una casa de asistencia, más lo que gane Fidel. ¡Ándale Bastiana, danos algo de *comé*, que estos blancos *yegan* de lejos. Venga *pa* acá niña Alicia, que en este cuarto nos quedaremos las dos.

Verdadera lástima sentí por don Rafo ante el fracaso de su negocio. La niña Griselda tenía razón, ya todos habían comprado mercancías a Barrera. Dos días después, llegaron dos hombres.

Habían venido a ver la mercancía. Se apearon del caballo y se acercaron alrededor del cuero en el que don Rafo había extendido la "chuchería". Todo lo fueron tocando, examinando, comparando casi sin hablar, nada les gustó. Finalmente compraron bagatelas por dos o tres pesos.

Cuando ya se retiraban, el de peor estampa le gritó a don Rafo:

—Nos mandó Barrera a quitarte la mercancía, y lo mejor es que te *largués* con *eya*. Quedás *notificao*. Si no te la quitamos ahora, es por lo poquita y lo cara.

—¿Y tú crees infeliz, que este anciano está solo? —prorrumpí empuñando un cuchillo entre los aspavientos de las mujeres.

—Mira, repuso el hombre, por sobre yo, mi sombrero. Por grande que sea la tierra, me *quea* bajo los pies. Con vos no me *toy* metiendo. Pero si *querés*, ¡*pa* vos también hay!

Esa noche, como a las diez, llegó Fidel Franco a la casa.

—Es Fidel, es Fidel —decía la niña Griselda.

Tuve que tranquilizar a Alicia diciéndole que era el dueño de la casa. Bajaron de la barca dos hombres armados, uno de ellos abrazó secamente a la niña Griselda y preguntó quién había llegado:

—Don Rafael y dos compañeros, hombre y *mujé* —contestó presurosa.

—Me vine alarmadísimo porque esta noche al *yegar* al hato de Zubieta, supe que Barrera había mandado una comisión. ¿A qué vinieron? —preguntó el dueño de la casa.

—A quitarme la mercancía —repuso humildemente don Rafo.

La niña Griselda le explicó en pocas palabras lo que había acontecido horas antes. También me presentó con su marido.

—Conozca a este *yanero* que es el mío.

—Servidor de usted —dije y le devolví el abrazo que me daba.

—¡Cuente conmigo, basta que sea compañero de don Rafael!

—¡Y si vieras con qué trozo de *mujé* se ha *enyugao*, casado! —exclamó la niña Griselda alabando a Alicia.

Bastiana había prendido el fuego y nosotros nos sentamos sobre raíces de árbol. El mocetón que acompañaba a Franco era hijo de Bastiana: Antonio Correa, parecía un ídolo indígena.

Comenzó entonces Franco a interrogar a Bastiana sobre los acontecimientos de la tarde. Le preguntó sobre quién había avisado a Barrera de la llegada de don Rafo, a lo que la vieja contestó.

—Habrá sido la niña Griselda, yo no sé las veces que haya venido al rancho. Yo no he *reparao*, yo vivo *ocupáa* en mi cocina.

Después le preguntó sobre lo que habían estado haciendo los dos ayudantes que tenían, a lo que la mulata le respondió que prácticamente nada.

—Pues que se larguen desde ahora en la barca del hato y no vuelvan más. No tolero en mi posada ni chismosos, ni espías. Mulata diles que desocupen: ¡que ni me deben, ni les debo!

La mulata salió a cumplir con su encargo.

El momento lo aprovechó don Rafo para preguntar sobre la situación del hato de Zubieta:

—Todo anda de cabeza. Ni sombra de lo que usted conoció. Los trabajos están suspendidos porque los vaqueros se emborrachan y dejan matar a los caballos entregándoselos a los toros, a la torara. Nadie corrige el desorden, ni normaliza la situación. El viejo Zubieta, el dueño del hato, borracho y gotoso no hace nada, sólo deja que Barrera le gane a los dados y que Clarita le dé vino en la boca. Y para colmo —añadió— los indios guahibos de las costas del Guanapalo flechan reses por centenares; además han matado a mujeres y hombres de ranchos y fundaciones vecinas sin que nadie los detenga.

—¿Y qué piensa hacer con su rancho, con su fundación? —pregunté.

—Defenderla con diez jinetes bien encarabinados —me contestó resueltamente.

En ese instante regresó la vieja con la noticia de que los ayudantes ya se habían ido. Sólo les oíamos cantar al ritmo de la pala de remo:

Corazón, no *seás* caballo;
aprendé a tener vergüenza;
al que te quiera, *quérelo*,
al que no, no le *hagás* fuerza.

Pasé mala noche. Soñé con Alicia y con la niña Griselda. La primera iba hacia un lugar siniestro donde la esperaba un hombre que podía ser Barrera. La niña Griselda estaba sobre una peña de donde salía un hilo blancuzco de caucho. Franco, parado sobre un montón de carabinas, amonestaba a los que estaban sobre el hilo de caucho:

—¡Infelices, detrás de estas selvas está el más allá!

Después volvía a ver a Alicia, huyendo de mí. Yo llevaba una hachuela en la mano; luego empezaba a

23

picarle la corteza a un árbol del caucho para que escurriera la goma.

—¿Por qué me desangras? —decía un voz desfalleciente— yo soy tu Alicia.

Agitado y sudoroso me desperté a las nueve de la mañana. Sólo Bastiana estaba para darme el desayuno.

—Blanco —me dijo— aquí *tá* el desayuno.

Luego que me sirvió, se sentó en el suelo y comenzó a ajustar la cadenita de una medalla con los dientes. Me explicó que la medalla era milagrosa y que la pondría en el cuello a su hijo Antonio y que le había puesto en el café de la mañana, el corazón de un pajarito llamado piapoco:

—*Puée* irse muy lejos y *corré* tierras, pero *onde cantá* otro pájaro semejante, se pondrá triste y tendrá que volverse, tras de los suspiros, *tiée* que encaminarse a su tierra o se muere de pena.

Le pregunté si su hijo pretendía irse al río Vichada y me respondió que no sabía.

—Franco no quere desarraigarse, pero su *mujé tá enviajáa.*

Luego le pregunté por qué se habían ido los ayudantes, a lo que me respondió que Franco se había enterado que Jesús había ido a ver a Barrera para avisarle que no viniera, y eso bastó para que Franco sospechara algo y los despachara. Cuando le pregunté si Barrera venía frecuentemente a la fundación, me contestó que ella no lo sabía:

—Si acaso habla con Griselda, lo hace en el río. Yo creo que Barrera es mejor que el hombre (Franco), pero el hombre es *atravesao* y su *mujé* le *tiée mieo* despúes de lo que aconteció en Arauca. A Franco le soplaron que el Capitán andaba tras *eya* y le madrugó: ¡Con dos *puñaláas* tuvo!

En ese momento avanzaban en animado trío Alicia, la niña Griselda y un hombre elegante, de botas altas, vestido de blanco y fieltro gris.

—*Aí tá* don Barrera —me dijo Bastiana— ¿no quería conocerlo?

Barrera se presentó adulándome y agradeciendo la oportunidad que se le presentaba de encontrarme. Nos pidió perdón por entrar a la sala con botas de campo y me suplicó que le aceptara una copa de whisky.

Insistió en que Alicia tomara una "copita, señora, al fin que ya se dio cuenta que no es licor fuerte".

—¡Cómo! —dije ceñudo—. ¿Tú también has bebido?

—El señor me insistió tanto, además me trajo una botella de perfume —musitó Alicia sacando el frasco de una canasta donde lo tenía oculto.

—El perfume, espero, no lo haya traído especialmente a mi esposa, quizá a la niña Griselda... ¿o qué, ya se conocían los tres de antes?

—Absolutamente, señor Cova, la dicha me ha sido adversa —confirmó Barrera—. Supe que todos ustedes estaban aquí por el informe de unos mozuelos. Me comentaron que unos ladrones en mi nombre querían expropiar la mercancía de don Rafael y tan pronto cómo amaneció me dirigí aquí para presentar mis disculpas.

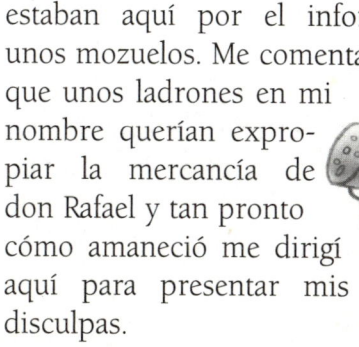

—Oye Alicia, dale el frasco de perfume a la niña Griselda.

A pesar de mi semblante agresivo, el hombre ni se inmutó. Inició un discurso sobre el deterioro social del Llano. Después explicó cómo se convirtió en gerente de lo del Vichada.

Le interrumpí para observarle que yo no tenía noticias de una empresa de la magnitud de la que él hablaba, a lo que contestó:

—*Mía*, no. Yo sólo soy un modesto empleado a quien le pagan dos mil libras anuales.

Audazmente fijó sus ojos en mí, se pasó por el rostro, un pañuelo de seda y se despidió.

La niña Griselda lo acompañó hasta el río.

—¿De dónde salió este sujeto? —le dije en tono brusco a Alicia.

—Llegó a caballo por la otra orilla y la niña Griselda lo pasó en la curiara, en la gran barca que tiene en el río.

—¿Tú lo conocías?

—No.

—¿Te parece interesante?

—No.

—¿Resuelves aceptar el perfume?

—No.

—¡Muy bien! ¡Muy bien!

Y quitándole el frasco de perfume, lo estrellé con furia en el patio, casi a los pies de la niña Griselda que volvía del río.

—¡Cristiano, *usté tá* loco, *usté tá* loco!

Alicia, entre humillada y sorprendida, se fue a la sala y se puso a coser en la máquina Singer. Sólo se oía el ruido de los pedales.

La niña Griselda decidió que no era bueno abandonarnos y dijo:

—Los caprichos que tiene Barrera me hacen gracia. Se le ha encajao la idea de conseguir las esmeraldas que tengo en mis candongas, en mis aretes. ¡De la orejas me las tendría que robar!

—No sea que se las lleve con su cabeza —repliqué soltando una carcajada.

Salí al patio, y vi que una nube de polvo, ondulosa y espesa, se marcaba por el camino. A poco, divisé a un jinete que desalado, cruzaba a saltos las ondas pajizas de la llanura. Luego descubrí a otros jinetes, cuyo tropel hacía vibrar la pampa; una yeguada apareció a la vista.

Franco, el mulato, y don Rafo se apearon de sus caballos.

—Egoístas, ¿por qué no me invitaron?

—El que primero madruga comulga dos veces.

Se acercaron las mujeres para observar a los ejemplares. Destacaba un caballo negro, patiblanco, que relinchaba rebelde. El hijo de Tiana, el mulato Antonio, juró ante todos los presentes que habría de domarlo.

—Se le *yegó* su día, y más vale que no hubiera *nació*! Le voy a dedicar la faena a la niña Alicia. ¡Apenas almuercen me monto!

El mulato no quiso almorzar. Se echó un puñado de plátano a la boca, deshilachó un trozo de carne y mojó le lengua en café cerrero; salió a esperarnos en el corral.

También fuimos parcos en el comer, Alicia encomendaba al mulato a Dios:

Bastiana gritaba:

—Hombres, no vayan a *dejá* que esa bestia mate al motoso.

Entre Franco y el mulato lazaron al caballo. Grandes saltos dio el animal, agachando la inmaculada cerviz. La soga vibrante lo detuvo y se colgó de ella, ahorcándose en hipo angustioso, hasta caer en tierra, desfallecido.

Ese fue el instante para someterlo. Le vendamos los ojos, y por primera vez, la montura le oprimió los lomos indómitos. Antes de que el mulato lo montara, le pidió a su mamá el escapulario; se lo puso, se santiguó y con gesto rápido destapó al animal.

Se sacudió iracundo, coceando ante nuestro ojos despavoridos. Pronto perdimos de vista la figura del hombre. Al caer la tarde regresaron, el potro llegó quebrantado. Ya sin taparlo, le quitaron la silla y quedó inmóvil y solo a la vera el llano. A la noche, aquel rey de la pampa, humillado y maltrecho, despidióse de sus dominios, bajo la luna llena, con un relincho desolado.

Confieso arrepentido que esa semana cometí un desaguisado. Di a enamorar a la niña Griselda con un éxito escandaloso.

Todo empezó en los días que Alicia tuvo fiebre. La niña Griselda pasó cerca de mi persona y la tomé por cuadril y no protestó:

—*Pocapena*, ya sabía que eras alebrestado.

Y ahogada de risa, me dejó solo. Luego con el dedo en la boca, regresó para suplicarme:

—¡Que no lo vaya a *sabé* tu *mujé*, ni mi hombre!

Sin embargo, la lealtad dominó la pasión. ¿Cómo iba a injuriar el honor de un amigo, seduciendo a su esposa, que para mí no era más que una hembra vulgar?

En el fondo de mi determinación corría una idea central: Alicia me trataba con indiferencia y mal disimulado desdén. Desde entonces empecé a apasionarme por ella y hasta me dio por idealizarla.

Ávido de conocer la causa de su retraimiento, llegué a pensar de que estuviera celosa, e intenté hacer una alusión a la niña Griselda:

—¿Qué dice la patrona de mí?

—Que eres inferior a Barrera —me contestó rápidamente.

—¿Cómo, en qué sentido?

—No sé.

Esta revelación salvó definitivamente el honor de Franco, porque desde ese momento la niña Griselda me pareció detestable.

—¿Inferior porque no la persigo?

—¡Qué ingenuo eres! ¿Crees que todas se enamoran de ti?

Herido en mi orgullo, quise enseñarle los brazos desnudos y gritarle:

—¡Pregunta quién me dio estos mordiscos!

Don Rafo apareció en el umbral.

Venía del hato de Zubieta. Franco y la niña Griselda, vendrían por la tarde. Don Rafo se había adelantado para consultarme un negocio. El viejo Zubieta daba fiados mil toros a bajo precio, a condición que nosotros los reuniéramos. Claro que exigía alguna seguridad para ello, Franco arriesgaba su rancho con ese fin. Era la oportunidad de asociarnos, la ganancia sería cuantiosa.

Tanto don Rafo como yo, nos pusimos a echar cuentas, para saber qué aportaríamos cada uno. Yo tenía treinta libras de las que debería descontar los gastos de Alicia y de nuestra permanencia en casa de Franco. Don Rafo vendería sus caballos e iría a Villavivencio a cobrar unas deudas.

—Me marcharé dentro de tres días, y me tendrán aquí a mediados del mes entrante. A fines de junio estaremos en Villavivencio, y luego ¡Bogotá!

Tanto don Rafo como Alicia salieron al patio, entonces dio rienda suelta a mi imaginación. Me veía de nuevo entre mi familia, tendría una casa propia, a

donde invitaría a comer a mis amigos. Estaba seguro que mi familia después de conocer al pequeño Rafael, me indultaría.

Una voz me hizo despertar:

—Venga acá, pequeño soñador —dijo don Rafo— venga a saborear el último brandy de mis alforjas, brindemos por la fortuna y el amor.

¡Ilusos! ¡Debimos brindar por el dolor y la muerte.

Días después Franco me hizo una descripción pormenorizada de nuestro negocio.

Me encontré de frente con la niña Griselda.

—¡Veleta, veleta! ¡Cómo *tás cambiao*.

—Hola niña Griselda, ¿por qué ese tuteo?

Se echó a abrazarme pero la aparté con el codo. Ella vaciló sorprendida:

—¡Ya sé, ya sé! ¡Le *tenés* terronera a mi marido!

—¡Le tengo aversión a usted!

—¡*Desagraecío*! La niña Alicia sabe *náa*. Sólo me encargó que no te creyera.

—¿Qué dice usted?

—Que el *yanero* es el sincero, que al serrano, ni la mano.

Pálido de cólera me dirigí a Alicia en la sala.

—Alicia, me desagrada tu compañerismo con la niña Griselda. No te conviene que sigas durmiendo con ella en su cuarto.

—¿Quieres que te la deje sola? ¿No respetas ni al dueño de la casa?

—¡Escandalosa! Vuelven tus celos ridículos.

Y la dejé llorando en la sala. Me fui al patio en donde encontré a Tiana que remendaba una camisa de su hijo Antonio.

—Mulata, ¿cuál es tu tierra?

—Ésta *onde* me *hayo*. Yo soy únicamente *yanera*, del *lao* de Manare. ¡Yo soy de estas *yanuras*! ¡Pa qué más patria, si son tan *beyas* y tan *dilataás*!

Luego su hijo me relató cómo Franco hizo que desistiera de ir al Vichada, cómo le pintó la vida ahí, donde no existen ni los toros ni los potros. También me contó cómo los indios cogen a un toro "de a pie, en carrera limpia", que son unos atrevidos hasta con los cristianos pues "les echan flechas *pa toas* partes".

La charla fue interrumpida por la mulata, que le dijo:

—¡No me has traído la "vengavenga"!

—Si me da café, la *tréigo*.

—¿Y qué es la "vengavenga"?

—Es un encargo de la patrona —me contestó Tiana— es una cascarita de palo que sirve para *enamorá*.

El día que se fue don Rafo sentí un vago pesar, augurio de males próximos. Yo participaba del entusiasmo de la empresa. Pero sentía subir en mi espíritu el vaho de la congoja humedeciéndome los ojos. Y bebí con ahínco las copas de la despedida.

Con el eco tenaz de los sollozos de Alicia, le dijo a don Rafael en un abrazo desesperado:

—¡Desde hoy quedaré en el desierto!

Yo entendí que ese desierto tenía que ver con mi corazón. Fidel y Correo se dispusieron acompañar a nuestro amigo hasta el Tame, en previsión de un ataque de los secuaces de Barrera. Allí contratarían vaqueros para nuestro negocio con Zubieta; no podían tardar más de una semana en volver a La Maporita.

—En sus manos dejo mi casa —había dicho Franco, y yo acepté la comisión con disgusto.

Loco de alcohol estuve a punto de gritar:

—¡El que cuida a dos mujeres con ambas se acuesta!

Cuando partieron, fui a consolar a Alicia, pero me rechazó con brusquedad:

—¡Quita! ¡Sólo me faltaba verte borracho!

Entonces en su presencia, abracé a la patrona:

—¿No es verdad que tú si me quieres? —le pregunté a la niña Griselda.

—Sí, amor mío. Si te tomas las copitas con cáscaras de quinina, no te darían calenturas.

Y se fue a la cocina para ponerle a la botella, la "vengavenga".

Yo a los pies de Alicia, me quedé profundamente dormido, y esa tarde ya no bebí más.

Desperté con el alma ensombrecida por la tristeza. Oí que Miguel había llegado para recoger algunas de sus cosas y que Tiana le decía que ahora yo estaba al mando en la casa y que debía pedirme permiso.

El recién venido me pareció sospechoso.

—¿No mandó razón alguna el señor Barrera?

—No para *usté*, para nadie.

—¿Quién te vendió esa montura? —dije reconociendo la mía que me habían robado en Villavivencio.

—Se la *merqué* al señor Barrera, que a su vez, la compró a un guate que vino del *interió*.

Furioso, lo agarré por el cogote y le dije:

—¡Si no me confiesas dónde está él, dónde quedó escondido, te trituro a palos!

Con la amenaza, Miguel comenzó a confesar la verdad. Barrera se había quedado en la otra orilla del río, porque no había visto la señal convenida para poder cruzar. Por ello, lo había mandado para que averiguara qué pasaba y que tocara el requinto si había señal de peligro.

Me propuse atrapar al traidor. Organicé todo de tal modo que las mujeres no sospecharon nada de mis intenciones. Sólo tomé la botella que había preparado la niña Griselda, descolgué el requinto y saqué la escopeta de dos cañones.

Le anuncié a la niña Griselda que dormiría afuera por el calor, y que Miguel se había ofrecido a cantarme un "corrido". Mientras hablaba, pretendí descubrir en los ojos de Alicia alguna complicidad. Estaba fatigada y quería recogerse temprano.

Al breve rato, apagaron la luz.

Mi primer cuidado fue fijarme si estaban los perros, afortunadamente se habían ido siguiendo a los viajeros.

Me dirigí a donde estaba Miguel. Le ofrecí un trago y devolviéndome la botella, escupiendo dijo:

—¡Qué amargo está este ron!

Luego sostuvimos una conversación en donde me pintó la clase de hombre que era Barrera, le pregunté:

—¿Con quién tiene cita Barrera?

—No sé bien con cuál es.

—Con ambas.

—Así será.

El corazón empezó a golpearme. Mi garganta se ahogaba, seca la voz.

—Anda, toma el requinto y canta.

—Todavía es temprano.

Esperamos una hora. La idea de que Alicia me fuera infiel llenábame de cóleras súbitas y para no estallar en sollozos me mordía las manos.

—No se emborrache —me dijo el hombre —póngale pulso a la puntería —y comenzó a cantar:

Pobrecita paloma
que el gavilán la cogió;
aquí la sangrecita
por dónde se la llevó.

Con el alma en lo ojos apunté la escopeta hacia el
río, hacia los corrales, hacia todas partes. De pronto la
mulata Tiana gritó:

—Miguelito, que dice la niña Griselda que la dejes
dormir.

Y se hizo el silencio. El cantador enmudeció y fue
a buscarme para advertirme que había recordado que

tenía que llevarle la canoa a Barrera, así lo haría para no despertar sospechas.

—Cuando vuelva, ¡tírele al que venga adelante, que yo se lo echaré a los caimanes y así acabáas!

Vi cuando se iba sumergiendo en las sombras con la canoa. Esperé hasta la madrugada, pero nadie volvió. ¡Dios sabe lo que hubiera pasado!

Al rayar el día, la niña Griselda me observaba preocupada. Le grité que su casa no era para gente honrada. Al decir esto chupé de la botella de ron y tomé el arma. Al verlo, la niña Griselda salió corriendo. Empujé la puerta del cuarto y Alicia estaba sentada a medio vestir en el catre:

—¿Comprendes lo que está pasando por ti? ¡Vístete! ¡Vámonos!

—Arturo, por Dios...

—¡Me voy a matar a Barrera en presencia tuya!

—¡Cómo vas a cometer ese crimen!

—¡No llores!, ¿te dueles ya del muerto?

—Dios mío, ¡socorro!

—¡Matarlo! ¡Matarlo! ¡Y después a ti y a todos! ¡No estoy loco! ¡Loco, no! ¡Quítame este ardor que me quema el cerebro! ¿Dónde estás?

Sebastiana y la niña Griselda se esforzaban por detenerme.

—¡Calma, calma! por lo más querío. Soy yo, ¿no me conocés?

Con un pataleo brutal me zafé y agarrando a la niña Griselda del moño, la arrastré hasta el patio.

—¡Alcahueta!

Y de un puñetazo en el rostro, la bañé en sangre. Entré como pude a la sala y la encontré vacía. ¡Habían huido! Luego declamé a gritos:

—¡No le hace que me dejes solo! ¡Nada quiero de ti, ni de tu muchacho, ni de nadie! ¡Ojalá que ese bastardo te nazca muerto! ¡Ni será hijo mío!

Después hice disparos.

—¿Dónde está Franco, que no sale a defender a su hembra?

Monté en el potro, y partí a escape por el llano, enronquecido y alcohólico:

—¡Barrera! ¡Barrera! ¡Alcohol, alcohol!

Media hora después llegué al patio a hostigar a la gente con el potro.

—A ver ¿quién manda aquí? ¿Por qué se esconde Barrera? ¡Qué salga!

—*Guá*, chico. ¿Qué quieres tú? —me dijo una mujercilla halconera, de rostro envilecido por el colorete, con el cabello oxigenado y los brazos puestos en jarras sobre el cinturón del traje vistoso.

—Quiero jugar a los dados, sólo eso. ¡Aquí tengo monedas!

Se oyó del interior de la casa la voz de Zubieta:

—Clarita, el *cabayero* que siga.

Me encontré con Zubieta, era un viejo que estaba en camiseta y calzoncillos, ojos de lince, cara pecosa y pelorrojizo, echado sobre el chinchorro.

—Yo soy el socio de Franco, el cliente de los mil toros. ¡Y si quiere se los pago al contado!

—¡*Ansina* sí, *ansina* sí! Pero *usté* debe *cogelos*, porque los muchachos que tengo *tá* de a pie, y no *sirvé páa náa*.

—Yo conseguire vaqueros y no dejaré que me los sonsaquen para el Vichada.

—¡Eso *tá* bien *hablao*!

Salí a meter mis aperos y vi que Clarita estaba cuchicheando con mi enemigo. Al verme, se escondieron detrás de la casa.

—¿Qué ladrón recogió el oro que tiré aquí?

—*Vení* y *quitámelo* —replicó un hombre a quien reconocí como el que le quiso quitar la mercancía a don Rafo. Se quedó esperando una orden de su patrón para actuar. Barrera acudió exclamando:

—¡Señor Cova! ¡Venga usted! ¡No haga caso de los peones! ¡Un caballero como usted...!

El ofendido recibió una dura reprimenda de su patrón. Mientras Clarita le refería a Zubieta lo que había pasado, al verme, enmudecieron. El viejo entonces dijo:

—¿El *cabayero* se regresa hoy?

—No, amigo. ¡Vine a beber, a bailar y a cantar!

—Es un honor que no merecemos —dijo Barrera— el señor Cova es una de nuestras glorias.

—Clarita sírvenos unos *brándises*.

Barrera, para no beber, salió del cuarto y regresó con un puñado de monedas de oro y me las alargó diciéndome que eran mías.

—¡Miente! —exclamé—, desde ahora son de Clarita.

—¡Aprendan! Es una dicha encontrar caballeros.

Zubieta a pesar de que se quedó pensativo, le ordenó a la mujer:

—Clarita, danos "las muelas de Santa Apolonia".

Clarita puso los dados sobre la mesa.

Mi nueva amiga me favoreció aquella noche. Cuando los dados caían fuera de la mesa, el viejo le preguntaba:

—¿Me ganó, me ganó?

Y ella, entre una humareda de tabaco respondía:

—Echó cenas. Es un chico con suerte.

Barrera vivía celoso de que no faltara el alcohol. Clarita, ebria, me acariciaba la mano de vez en cuando; el viejo, ebrio, cantaba una canción obscena; en la puerta del acalorado cuartucho los peones seguían el juego.

Cuando quedé dueño de casi todo el montón de las apuestas, Barrera me propuso jugarlo todo por el todo.

—Tire por mitad, cien toros —exclamó el vejete.

Entonces noté que los zapatos de mi adversario pisaban los de Clarita y tuve el presentimiento de que llegaba al fraude.

Con frase feliz, le dije a la mujer:

—Juguemos esto en compañía —y la mujer puso sus manos sobre el montoncillo, destacando el rubí de su anillo.

—Ahora con usted —le dije a Barrera sonando los dados.

Los recogió sin inmutarse y mientras los agitaba los cambió. Pero al lanzarlos sobre la mesa, los atrapé de un golpe.

—¡Canalla!, estos dados son falsos.

De súbito se trabó una reyerta. La lámpara rodó por el suelo, el viejo se cayó del chichorro, a oscuras, esgrimía puños a diestra y siniestra; alguien hizo un disparo, y con esfuerzos ajusté la puerta, sin saber quién había quedado adentro.

Barrera exclamó en el patio:

—Ese bandido vino a matarme y a robar al señor Zubieta. ¡Préndanlo!

Yo, desde adentro le lanzaba atrevidos insultos y Clarita conteniéndome suplicaba que no saliera porque me acribillarían.

Cuando me ayudaron a poner al fin el cerrojo a la puerta, sentí húmeda una de mis manos. Tenía una puñalada en el brazo izquierdo

Con nosotros quedó encerrada una persona que me puso el Winchester en las manos:

—¡Soy el tuerto Mauco, amigo de *tóo* el mundo!

Afuera empujaban la puerta y yo perforaba las tablas a tiros, al fin terminó la agresión y quedamos sumidos en el más pavoroso silencio. El dolor de la herida empezó a rendirme y el vértigo del alcohol me echó a tierra. Allí me desangré hasta que Dios quiso, entre el pánico de mis compañeros que en algún rincón decían:

—Parece que está agonizando.

41

Al amanecer, desperté a los gritos que daba el dueño del hato, a sus "muchachos" por no haberlo defendido del ataque de Barrera.

—Gracias al guate estoy contando el cuento. Él tenía razón, los dados eran falsos y con ellos me había *estafao* mi plata ese tramposo de Barrera. ¿Y quién hirió a Cova?

—¡Quén sabe!

—Vayan a decirle a Barrera que no lo quiero aquí.

Clarita y el tuerto Mauco me lavaron la herida con aguardiente y antes de extenderle la cataplasma tibia, el tuerto, con unción ritual, exclamó:

—Pongan fe, porque la voy a *rezá*. ¡Esto no es cosa de juego! Si no han de poner fe, lárguense porque se pierde la *virtú*.

El viejo Mauco, masculló una retahíla de oraciones y terminó con "la oración del justo juez", diciéndome que no me acochinara con el dolor:

—Yo le curo presto. Con otra *rezáa* tiene.

Clarita me explicó que Mauco sabía muchas oraciones: para las reses perdidas, para los entierros, para hacerse invisible a los enemigos, curar personas y animales. Entonces intervino Mauco y me dijo:

—Apenas supe que *usté taba herío*, le recé la oración del "sana que sana" y vea, la hemorragia se contuvo.

Lentamente, un sentimiento de rencor me hacía odioso el recuerdo de Alicia, la responsable de cuanto pasaba. ¿Verdaderamente me habría sido infiel? Tal vez yo había sido injusto y violento, pero yo esperaba que ella me perdonara porque yo le pertenecía con mis cualidades y defectos. ¿Cuándo en mi sano juicio le di motivo de queja?

Alucinado por la obsesión, me reclinaba sobre Clarita confundiéndola con Alicia. Pensaba que ella me preguntaba: "¿Qué desalmado te hirió?" Sin embargo era Clarita la que no me desamparaba. Alguna vez me preguntó que cuántas monedas tenía aún en el bolsillo. Eran pocas y me las guardó. En un momento en que nos dejaron solos me dijo:

—Zubieta te debe doscientos cincuenta toros, Barrera cien libras y yo te tengo guardadas veintiocho libras.

—Pero Clarita —le dije— mis ganancias en el juego eran para ti.

—Chico, ¿qué estás diciendo? Sólo quiero volver a mi tierra, a pedirle perdón a mis padres. Barrera quedó de costearme el viaje a Venezuela en tanto que Zubieta se quiere casar conmigo y *yevarme* a Ciudad Bolívar, al lado de mis viejecitos. Yo llegué aquí con asilados, me botaron, me rifaron al tresillo, y luego me abandonaron. Antier, cuando *yegaste* a caballo, luego simpaticé contigo, cuándo supe que eras poeta.

Mauco entraba a rezarme la herida y tuve el buen tino de aparentar que creía en la eficacia de sus oraciones. Él me daba información sobre Barrera: estaba afiebrado y no salía de sus toldos. Zubieta dormía en la cocina y se atrancaba por dentro. Mientras tanto, me preguntaba qué estarían haciendo Alicia y la niña Griselda. ¿Cuándo vendrían por mí?

Por fin tuve fuerzas para levantarme, y salí al corredor. El viejo dormía y Clarita barajaba los naipes. En el patio se secaban al sol cueros de reses sacrificadas. En unas perchas, amarrados estaban los gallos de riña, en tanto que los perros y cerdos se entretenían.

Sin ser visto me acerqué al corral de los toros, que bramaban de sed. En eso, Clarita me vio y gritó:

—Chico, quítate del sol, que te va a sangrar la herida.

Con los gritos se despertó el viejo. Le pregunté cuándo podríamos amarrar el trato de la venta de reses que teníamos con Franco, y me contestó:

—Con él precisamente no tengo *náa*, la hacienda que da en prenda vale poco, pero como usted paga las reses de *contao*, podrá cogerlas si tiene *cabayos*.

Clarita le interrumpió para acordarle que me debía doscientas cincuenta reses. Eso no le hizo gracia al viejo por lo que me pidió que le diera la revancha el domingo por la tarde con la pelea de gallos.

"Mi admirado señor Cova:

"¿Qué poder maléfico tiene el alcohol, que humilla la razón humana bajándola a la torpeza y al crimen?

"Si pudiera públicamente, echarme a sus pies para que me pisoteara antes de perdonarme las reprobables ofensas, créame que no tardaría en implorarle esta gracia, pero no tengo derecho a ofrecerle esa satisfacción.

"Debe parecerle extraña la condición en que llego a usted, la de un mercachifle común que le propone un negocio. El caso es que nuestro amigo Zubieta me debía sumas de consideración y me las pagó con unos toros que se hallan en el corral y que yo recibí en la expectativa que de usted pudiera interesarse por ellos. Véalos, pues, y si algún precio se digna ponerles, sepa que mi mayor ganancia será la de haberle sido útil en algo.

"Besa sus pies, fervorosamente, su desgraciado admirador."

BARRERA

Delante de Clarita me fue entregada esta carta. El chicuelo que la trajo me veía palidecer de cólera y se iba retirando cautelosamente, ante la tardanza de la respuesta.

—¡Dígale usted a ese desvergonzado que cuando estemos solos, verá para qué le sirve su adulación!

Mientras tanto Clarita leía el papel:

—Chico, nada te dice de lo que te debe, porque fue él quien te hirió. Debes saber, además, que Zubieta nada le debe. Barrera le dio a guardar unas monedas que yo debía robar, pero que el viejo las enterró. Además lo estafó con los dados cargados. No le enseñes la carta, él ya sabe que Barrera es peligroso y para distraerlo le entregó la torada que está en el corral. Pero sabe que no puede llevárselos porque no tiene vaqueros que lo hagan, ni *cabayos*. Además mandó avisar a todos lados que no vendería ganado a nadie. Barrera se enteró y le reclamó, por eso le inventó lo del negocio con Franco, un simulacro para entretenerlo.

—¿De suerte que no nos venderá nada? —pregunté angustiado.

—Parece que ha congeniado contigo.

—¿Qué puedo hacer para ganarme su voluntad?

—Es muy *senciyo*. Soltar el ganado que le dio a Barrera. Bastará con que me pare con este vestido blanco y la torada romperá el corral. Lo importante es que no mueran *atropeyados* los peones.

—¿A qué hora lo haremos?

—Cuando las mujeres y los hombres se vayan a jugar naipes a los toldos y el viejo se encocine. Yo también iré para alejar falsos testimonios. Cuando vuelva me esperas con la piel de tigre que tiene el viejo en la sala. La *yebaremos* por la platanera y la sacudiremos en el corral. Quien pudiera vernos, pensará que no hemos levantado en el fragor del tropel.

Sepulté en mi ánimo el ardid. Cuando la tarde reclinó, los vaqueros regresaron con la torada de haberla llevado a pastorear; venía delante el rapaz que amansaba a los ganados salvajes. Los vaqueros encerraron de nuevo a las reses y toros. Cuando oscureció encendieron fogatas. A causa de las hogueras, los gallos de pelea estaban inquietos, por lo que el viejo Mauco me pidió permiso para guardarlos en mi cuarto:

—Los *poyos* son *güenos.* ¡Pero si se desvelan, no son *náa!*

Más tarde, el hato quedó en silencio, Clarita regresó casi ebria.

—¡Ánimo chico, y sígueme!

Llegamos a la barda de los corrales por el platanar. Entonces Clarita, trepada en mi rodilla, sacudió la aurimanchada piel.

El ganado empezó a remolinear con ímpetu arrollador. Alguna res murió al instante pisoteada por el tumulto. Los vigías empezaron a cantar para tranquilizarlo; la torada se contuvo. Mas pronto volvió a remecerse en aborrascadas ondas, y el grupo mugiente rompió los troncos de la prisión.

La peonada y el mujerío acudieron con lámpara pidiendo socorro. Hasta Zubieta se despertó y a gritos averiguaba qué sucedía.

Cuando coloqué en su antiguo sitio la piel de tigre, todavía retumbaba el desierto.

Al día siguiente me levanté y oí los comentarios del suceso nocturno, así como las bravatas del viejo que disimulaba con blasfemias su regocijo interior:

—Yo no tengo la culpa de que el *ganao* barajustara. Díganle al Barrera que vaya a cogerlo, si tiene *cabayos*

pa remontá a la gente. ¡Pero que me pague primero los cabayos que se malograron!

Alguien le dijo que Barrera quería venir a su casa a discutir las cosas, su respuesta no se hizo esperar:

—Aquí no *puée* acercarse, porque el guate *andáo* y no *quero* más disgustos en mis propiedades.

Durante el día sigieron los comentarios sobre ello. Algunos decían que había sido el alma de un vaquero la que había ocasionado el percance. Había hasta quien aseguraba que había visto una figura blanca

Por la tarde se organizaron los gallos. Zubieta le apostó cien toros a favor del requemao contra el canavay.

Aunque Clarita me advirtió con la mirada que no apostara, en un dejo de arrogancia, avancé diciendo:

—¡Escojo el pollo y violas doscientas cincuenta reses que le gané a los dados.

El viejo se amilanó. Entonces un extraño lo retó y le dijo que apostara diez reses contra unas monedas de oro que él traía. Pidió primero revisarlas para ver si realmente eran de oro. Satisfecho gritó:

—¡Pago! ¡*Tá* ida la pelea contra el canaguay.

—Pero con la condición —dijo el extraño— de que se largue el Mauco, porque *puée* rezarme el *poyo*.

A pesar de las protestas, lo hicieron salir y lo encerraron en la cocina.

El gallero gritaba agachado sobre el palenque:

—¡Hurra *poyito*! ¡Al ojo, que es rojo; a la pierna, que es tierna; al ala, que es rala; al pico, que es rico; al pescuezo, que es tieso; al codo, que es godo; a la muerte, que es mi suerte!

Los gallos se miraron con ira, picoteando la arena. Con simultáneo revuelo, lancearon el vacío, por encima de sus cabezas. Donde agarraba el pico entraba la espuela, entre la ovación que hizo la gente cuando vio rodar al canaguay con el cráneo abierto, sacudiéndose bajo la pata del vencedor que saludó la victoria con un clarineo triunfal.

En ese momento palidecí. Franco pasó el tranquero, seguido de varios jinetes.

Zubieta no se impresionó menos al ver a los recién llegados.

—Y ustedes *camaráas, ¿pa ónde* bueno caminan?

Franco se apeó del caballo y me abrazó con efusión.

—De mi rancho, ¿qué noticias tienes? ¿Qué te pasó en el brazo?

—Nada, ¿acaso no vienes de La Maporita?

—Salimos directamente del río Tame. Te abraza don Rafael que siguió su viaje sin novedad. Hubo desbarajuste anoche, ¿verdad? Porque vimos correr solas partidas de ganado.

Zubieta respondió:

—¡Sí! Barrera me dejó ir el rodeo. No sé cómo se remediará, sin *cabayos*...

—Nosotros —dijo Franco— nos comprometemos a cogerle las reses. Mañana empezamos cogiendo la de los toros que negociamos...

—¡Yo no he *firmao* documento con *naide*, ni recuerdo trato ninguno! —repuso el viejo.

En eso, llegó el gallero perdedor y nos dijo:

—Al canaguay lo volvieron loco, le dieron quinina, lo sé porque desde ayer el Mauco anduvo comprando las píldoras en los toldos y *usté* mismo las revolvió con granos de maíz. El señor Barrera quiso que yo apostara contra *usté*, *pa* probarle que tampoco hace juego legal y que no debe desacreditarlo ante el señor Cova.

—Eso lo arreglarán después —interrumpió Franco sacudiendo al vejete—. ¡Ahora mismo me aclara lo del negocio, porque usted se equivoca si piensa que puede jugar conmigo.

—Franquito, ¿*venís* a matarme?

—Vengo a coger el ganado que me vendió, y para eso traje vaqueros. ¡Lo cogeré cueste lo que cueste!

—Señores —dijo el viejo— sírvanme de testigos de que *taba* chanceando.

El extraño, a su vez, sentenció:

—La *legalidá* es *pa tóos*. ¡Páguele al señor Barrera, él *ta* de *salía pal* Vichada y usted es responsable de la demora y los perjuicios!

Entonces estalló el anciano:

—¡Juyero, juyero! ¿Qué no sabes que estos *cabayeros* son mis clientes y amigos? ¡*Decíle* a tu Barrera que "no me sobe", porque éstos me hacen *respetá*!

Y apoyándose en nuestros hombros, le asestó un puntapié.

Cuando Franco me vio la herida, le conté lo sucedido. Quiso tomar el Winchester, pero Clarita se lo impidió. Ella le explicó que ya habíamos tomado venganza con el desbarajuste nocturno.

Al ver la decisión de aquel hombre leal que arriesgaba la vida por mí, me vino el remordimiento y le confesé lo sucedido en La Maporita:

—Franco —le dije— yo no soy digno de tu amistad. Le pegué a la niña Griselda. Me emborraché, las ofendí a ambas, sin motivo alguno. ¡Hace ya siete días que las dejé solas! ¡Dispara contra mí esa carabina!

Franco tiró la carabina al suelo y me contestó:

—Tú debes tener razón, y si no la tienes, yo te la concedo.

Y nos separamos sin decir una palabra más.

Entonces Clarita me estrechó la mano:

—¿Por qué no me habías dicho que tienes señora?

—Porque de eso no se debe hablar entre los dos.

Se quedó pensativa, con la vista baja y con desdén me devolvió mi oro.

—¡Ojalá y te hubieras muerto!

La vi alejarse rumbo a la cocina y desde allí para que yo la oyera gritó a los músicos que tocaban y bebían:

—¡Díganle a Barrera que siempre me voy con él!

Mi corazón ya sólo tenía una congoja: la de haber ofendido a Alicia. El pensamiento de la reconciliación me resultó dulce: podía quedarme a vivir en las llanuras, a envejecer hasta que un día llorara yo sobre su cadáver o ella sobre el mío.

Franco dispuso que yo no fuera a la llanura porque podría gangrenárseme el brazo. Además, como los potros escaseaban, era necesario destinarlos a los vaqueros más avezados que yo. Este razonamiento me llenó de amargura.

Salieron del hato quince jinetes. Avanzada la mañana, llegó el mulato Correa con los caballos de don Rafo. Franco lo había enviado a La Maporita a traerlos. Cuando salí a su encuentro, Barrera se rasuraba y Clarita le sostenía con las dos manos el espejo. No les contesté el saludo.

Mi preocupación era averiguar si Alicia me mandaba algún mensaje con el mulato, pero éste me dijo que estaba encerrada en su cuarto llorando, que la niña Griselda nos mandaba una maleta con ropa para cambiarnos y que ella misma preparaba las suyas para venir al hato "hoy mismo".

Pensaba que Alicia vendría a buscarme por amor y que sellaríamos con un beso la reconciliación. Me presentaría sin afeitar, para distinguirme de mi rival, con los cabellos revueltos aparentando el porte de un macho trabajador. Decidí irme sin esperar a las mujeres, y aparecer confundido con los vaqueros.

Correa me preguntó por su escopeta y lo mandé con Barrera. Al poco rato vino diciendo que éste le había pedido disculpas porque su escopeta había aparecido en "sus toldos y él no sabía cómo habían ido a parar allá".

Me explicó que iría a alcanzar a los muchachos de Franco a la vega del Pauto, que incluso tuvo la precaución de recalcarlo frente a los mucharejos de Barrera.

—Pero don Fidel —le comenté —me dijo que pernoctarían en Matanegra.

—Me voy —afirmó el mulato— porque me coge la noche.

—Tráeme la carabina, yo te acompañaré a cualquier lugar.

Cuando ya íbamos distantes del hato, Correa desmontó para cargar su escopeta:

—*Puée* alcanzarnos la gente de Barrera. Por eso siempre es bueno *andá prevenío*. Ahora agarremos *pa onde usté* dijo.

El calor me iba sofocando y le ordené al mulato que me llevara a tomar agua. Cuando llegamos al jagüey, tuvimos que usar nuestros pañuelos a manera de cedazo para tomar el agua salobre y turbia que encontramos. El mulato descubrió unas huellas de una mula herrada que explicó Correa:

—Es no es ley en estas sabanas, *onde* no hay piedra. *Puaquí andá* gente forastera.

El mulato tenía razón, al poco rato vimos a dos personas perdidas. Resultó ser el juez José Isabel Rincón Hernández y su escribiente. Venían según sus propias palabras a detener a:

—Un tal Cova que comete crímenes cotidianos, donde mi amigo, el potentado Barrera corre serios peligros en vida y hacienda; donde el prófugo Franco abusa de mi criterio tolerante, que sólo le exige conducta correcta y nada más.

Luego ordenó:

—¡*Pónganse* ustedes, incondicionalmente al servicio de la justicia y cámbienos estas bestias por otras mejores.

—Se equivoca usted, señor, tanto en sus conceptos, como en el camino que busca —repliqué—. Ni

el hato queda por aquí, ni las personas que nombra son todas como usted piensa, ni mis caballos, bienes mostrencos.

Después de algún altercado y de disminuirnos nuestra provisión de tabacos y fósforos, siguieron por rumbo contrario.

Correa me aclaró algunos detalles de Franco. Se los contó un joven llamado Helí Mesa que había sido testigo de los acontecimientos.

En ese entonces, Franco era teniente de la guarnición de esa plaza. El capitán dio por perseguir a la niña Griselda, y para cortejarla a su antojo, dejaba en servicio a su subalterno. Éste, enterado de los propósitos del jefe, abandonó el puesto una noche y corrió a su casa. Nadie ha sabido qué pasó a puerta cerrada. El teniente apareció con dos puñaladas en el pecho y murió en la misma semana después de hacer declaraciones a la justicia.

Ni el hombre ni la mujer fueron perseguidos jamás. Sólo el juez Ocuré les extendía boletas que decían: "Manden lo de este mes."

Unas nubes endemoniadas se levantaron en contra del sol. Correa me advirtió que se avecinaba el chubasco. Buscamos abrigo en los montes, ahí vimos cómo se congregaron los rebaños, presididos por toros mugientes que agrupaban a las hembras cobardes.

El huracán casi nos desgaja de las monturas. Nuestros caballos se detuvieron dando la grupa a la tormenta, nos desmontamos y nos tendimos de pecho entre el pajonal, una vegetación parecida a la paja. Cuando pasó la tromba, el rebaño había desaparecido y cabalgamos para perseguirlo. Anduvimos leguas y leguas sin poder encontrarlo. Proseguimos la búsqueda de la bestiada hasta que cayó sobre nosotros la noche.

En las inundadas tierras, divisamos lejanas hogueras que parecían alegrar el monte. Alborozado comencé a gritar:

—Ahí están nuestros compañeros.

—¡Por Dios, por Dios, cierre la boca que son los indios!

Y otra vez nos alejamos por el desierto oscuro. Anduvimos sin descansar, hasta que la aurora tardía abrió su alcázar de oro a nuestra desfalleciente esperanza.

Apenas aclaró el día y vimos unos vaqueros que traían por delante la "madrina" de bueyes amaestrados. Ya había salido el sol.

Entre los jinetes no estaba Fidel, pero Correa los llamó a todos por su nombre: Mano Ugenio, Mano Tista, Mano Sidoro. Cada uno nos platicó cómo le fue en la borrasca. Lo más importante que contaron fue el encuentro de la gente de Franco con la gente de Barrera. Los segundos pretendieron quitarle las reses que traían Fidel y sus muchachos, se liaron a golpes y Fidel le sacó la carabina a Miyán, el capataz de Barrera.

—Miyán se apareció con una gente a *decí* que menestaba los corrales de Matanegra *pa meté* los toros del barajuste. Franco no quiso responderle. Los otros que andaban mal *montaos*, se asomaron a la "madrina" y dijeron que los toros que habíamos cogido eran los *mesmos* que se le *jueron* a don Barrera y querían quitarlos por fuerza. Entonces nos prendimos a muecos, a golpes, y Franco le tendió la carabina a Miyán. La gente de Barrera se dividió. Otro vaquero llamado Mano Jabián, dijo:

—Además anda el juez en el hato. Un hombre de Miyán lo encaminó para allá. Con la justicia no nos metemos. Nosotros queremos irnos.

—¡Compañeros —repuse— yo les responderé de que nada pasa!

—¿Y quién responde por *usté*, que es al que busca la *autoridá*?

57

Fidel no se amilanó con el contratiempo, ni le hizo represiones al mulato, hasta se alegró de ver que mi brazo herido podía regir las riendas. No quiso referirme el asunto de Miyán, sólo me dijo:

—En esta sabana se cavan muchísimas sepulturas, el cuidado está en conseguir que otros hagan de muertos y nosotros de enterradores.

Dejamos a la "madrina" llanura abajo custodiada por unos rapaces. Al límite opuesto se veían algunos grupos de toros pastando al descuido. Los toros nos ventearon y corrieron hacia los montes, quedando sólo algún macho desafiador que empinaba la cornamenta para amedrentar a la cabalgata.

Entonces se lanzaron los jinetes sobre la desbandada. Cada vaquero lazó su toro para que saltara lejos de la montura el resto de la soga enrollada y el potro resistiera el tirón en la cola, sin enredarse ni flaquear.

Montaba yo un caballito coral, que se disparó a rienda tendida. Tiraba yo con mano inexperta el lazo una y otra vez, mas de repente, el bicho, el toro, se volvió contra mí, y le hundió a la cabalgadura los dos cuernos en la vejiga. El jaco me tiró con rabioso golpe y huyó enredándose en las entrañas hasta que el cornúpeto lo ultimó a pitonazos contra la tierra.

Dos jinetes se desbocaron en mi ayuda. El toro se fugó hacia los matorrales. Vi que Miyán salía junto con Franco tras el bicho y tendía su caballo sobre la res, mas ésta lo enganchó con un cuerno por el oído de parte a parte, y lo llevó en alto, como a un pelele. La bestia trotaba con el muerto en rastra, pero en horrible instante, pisándolo, le arrancó la cabeza de un golpe y aventándola lejos, empezó a defender el mutilado cuerpo, a pezuña y a cuerno, hasta que el Winchester de Fidel, con doble balazo le perforó la homicida testa.

Gritamos auxilio y nadie venía. Al fin topé con unos vaqueros que acudieron a mi auxilio. Y corríamos más pálidos que el cadáver.

Cuando llegamos al sitio de la tragedia, Franco tenía la camisa llena de sangre. El muerto yacía sobre un moriche caído, una especie de palmera, cubierto con su propia ruana.

Fuimos a buscar los restos de la cabeza, pero en parte alguna la encontramos. Los perros lamían la cornamenta del toro yaciente.

A pleno sol regresamos al montezuelo. Correa con una rama le espantaba al muerto las moscas. Los compañeros de Miyán hacían proyectos para "bailar" el velorio. Sin embargo decían que había sospechas:

—Lo que es que yo, estuviera *agradecío* si lo hubieran descogotado en nuestra presencia. Pero esto de decir que lo mató el toro, cuando oímos claramente los tiros, poco me suena. No había *pa* qué arrástralo y descabezarlo. Es algo que ofende a Dios.

—¿No sabe cómo fue la desgracia? —le repliqué.

—Si *señó*. El asesino, el toro; el muerto Miyán; los cómplices, nosotros; los inocentes, *ustées*. Mejor me voy con el aviso *pa* que abran el hoyo y preparen la bebida y la música y preparen la mortaja *pa* quien la merece.

Y mascullando amenazas, se alejó a galope.

Lentamente el desfile mortuorio pasó ante mí. Aunque el asco me fruncía la piel, rendí mis pupilas sobre el despojo. Pegado al cuello iba solamente el maxilar inferior, como riéndose de nosotros y esa risa sin rostro, sin alma, sin labios, sin ojos que la humanizaran me pareció vengativa, torturadora, y aún a través de los días que corren, me repite su mueca desde ultratumba y estremece de pavor.

Más tarde cuando la comitiva comenzó a charlar y a fumar, propuso Franco:

—Será preciso suspender la cogienda, mientras se normaliza la situación. Conviene regresar a buscar a los caballos perdidos. Los vaqueros mejor montados vengan para acá, los otros que lleven la "madrina" tras el muerto. Por *ayá* les aceremos al anochecer.

Le rogué a un muchacho que le avisara a Alicia de los acontecimientos para preparar su ánimo.

Destemplado por la zozobra, me atrasé de mis camaradas. Mientras los jinetes corrían haciendo fuego, vi que una tropa de indios se dispersaba entre la maleza. Sin gritos, las mujeres se dejaban asesinar. Surgieron indígenas de todas partes y golpearon a los potros para tirar a los jinetes y vencerlos.

—Aquí Dólar, aquí Martel —gritaba yo a los dos perros defendiendo a un indio veloz al que atacaban.

De pronto gritó:

—¡Señor Intendente, señor Intendente! ¡Soy el Pipa! ¡Piedad de mí! ¡Perdón por lo del caballo!

Y se trepó a la grupa de mi caballo. Llegó Correa y lo tiró de un culatazo, pero más se tardó en hacer que encaramarse de nuevo.

—¡Nosotros somos amigos! —decía—. ¡Soy el paje de la señora!

Lo conduje en ancas hasta el hato, entre las protestas de mis compañeros que lo amenazaban con la castración, en represalia de sus fechorías: incendios, salteador de haciendas, come-ganado, capitán de indios.

Apenas recobró la confianza, inició su discurso. En otras circunstancias me hubiera divertido su pintoresca explicación sobre las razones que tuvo para robarme el caballo. Pero yo sólo quería alcanzar al muerto para impedir que Alicia lo viera.

En las llanuras a media luz, nos encontramos a dos jinetes que iban al paso. Franco los reconoció:

—¿Por dónde siguen los del cadáver? —preguntó.

—Los caporales resolvieron tirarlo al río, porque no se aguantaba la jedentina. Después se *jueron* a sus tierras, pues no querían trabajar *má*. Nosotros tampoco lo acompañaremos.

—A mí no me gustan los sinvergüenzas —dijo Franco—. Si quieren su jornal, vénganse conmigo.

—Nosotros preferimos la *libertá*.

—¡*Adió, pué*!

Los cuatro restantes caminamos a toda prisa en busca del hato.

Raro temor me escalofriaba cuando nos acercamos a los corrales. Con súbita carrera llegué al corral Mauco y algunas mujeres acudieron:

—¡Por Dios, váyanse presto que los cogen!

—¿Qué pasa? ¿Dónde está Alicia?

Me respondieron:

—El viejo Zubieta duerme *enterrao* y *tamos* consolándonos con la candela.

Me explicó Mauco que el día anterior se había cometido un crimen. Cuando vieron que Zubieta no salía de su cocina, desquiciaron la puerta y lo encontraron colgado por las muñecas con un lazo, aún estaba vivo pero no podía articular palabra porque le habían amarrado un cáñamo a la raíz de la lengua, murió después.

—Cuando llegó el juez acompañado por Barrera, nos hizo firmar una declaración donde nosotros reconocíamos que habíamos sido los que lo habíamos hecho. Luego enterraron al occiso por el platanar.

Tan aturdido estaba por tal historia que no había reparado que una de las mujeres era Bastiana. Al verla le grité:

—¿Dónde está Alicia? ¿Dónde está Alicia?

—¡Se *jueron*, se *jueron* y nos dejaron! ¡Se la *yevó* la niña Griselda!

Comencé a llorar con un llanto fácil, sin sollozos. Me aliviaba el corazón de tan desconocida manera que permanecí insensible a todo.

Ni cuenta me di que de pronto galopábamos tras de Franco y que íbamos llegando a La Maporita. ¡Era verdad Alicia no estaba allí!

Entonces fue cuando Franco le prendió fuego a su propia casa.

Nuestros caballos retrocedieron, y vi desplomarse la morada que brindó abrigo a mis sueños de riqueza y paternidad.

Idiotizado, contemplaba el incendio. Cuando vi que Franco se alejaba, clamé que nos arrojáramos a las llamas. Alarmado por mi demencia, me recordó que era preciso perseguir a las fugitivas hasta vengar la ofensa increíble. Y corriendo, corriendo observamos que la casa del hato ardía también y que la gente daba alaridos en los montes.

¿Qué restaba de mis esfuerzos, de mi ideal y de mi ambición? ¿Qué había logrado mi perseverancia contra la suerte? ¡Dios me desamparaba y el amor huía...!

¡En medio de las llamas empecé a reír como Satanás!

Segunda parte

—¡Oh selva!, esposa del silencio, madre de la soledad y de la neblina! ¿Qué hado maligno me dejó prisionero en tu cárcel verde? Tus ramajes, como inmensa bóveda, siempre están sobre mi cabeza, entre mi aspiración y el cielo claro. ¡Tú me robaste el ensueño del horizonte! Tú eres la catedral de la pesadumbre... Tú encarnas un misterio de la creación.

¡Déjame huir, oh selva, de tus penumbras, formadas con el hálito de los seres que agonizaron en el abandono de tu majestad! ¡Tú misma pareces un cementerio enorme donde te pudres y resucitas! ¡Quiero volver a las regiones donde el secreto no aterra a nadie, donde es imposible la esclavitud, donde la vista no tiene obstáculos y se encumbra el espíritu en la luz libre!

Olvidamos ya la época en que recorrimos el desierto, marcados por un crimen ajeno, desafiando la injusticia y enarbolando la enseña de la rebelión.

Después hicimos un refugio y amontonamos los pocos enseres que Mauco y Tiana rescataron y que pusieron en nuestras manos antes de irse a Orocué en misión de espionaje. Mas no supimos qué suerte corrieron.

Fidel, el mulato, Antonio Correa, el Pipa y yo nos turnábamos de vigías sobre una palmera para detectar la presencia de alguna gente en el horizonte. Sin embargo, ¡nadie nos buscaba ni perseguía! ¡Nos habían olvidado todos! Muchos días esperamos que don Rafo regresara para irnos con él a Bogotá. Entonces, Franco anunció que seguiría su vida nómada por temor a que lo castigaran como desertor. Ahí decidí afrontar las vicisitudes. No teníamos otro futuro que el fracaso en cualquier país.

Y nos decidimos por el Vichada.

El Pipa nos condujo a los platanales de Macuana. Ahí nos acogió una tribu semidomada, a condición de que respetáramos a las pollonas y les ordenáramos a los Winchester "no echar truenos".

Una tarde, se apareció el Pipa con cinco indígenas que se resistían a acercarse hasta que no amarráramos a los dogos.

—*Cuñao*, yo queriéndote mucho, perro no haciendo nada, corazón contento.

Serían los remeros que nos llevarían en la ancha canoa que iba a mecernos sobre aguas desconocidas de un río salvaje, a donde un fátum implacable nos expatriaba.

Llegó el momento de licenciar a nuestros caballos. Ellos recobraban la pampa virgen y nosotros perdíamos lo que recuperaban, la zona donde sufrimos y batallamos inútilmente, comprometiendo la esperanza y la juventud. Cuando mi alazán se sacudió libre de la montura, me sentí indefenso y solo.

Al descender el barranco, torné la cabeza hasta el límite donde las palmeras me despedían. Aquellas inmensidades me hirieron, y no obstante, quería abrazarlas. Ellas fueron decisivas en mi existencia y se injertaron en mi ser.

La canoa, como un ataúd flotante, siguió agua abajo, a la hora en que la tarde alarga las sombras. Aquel río sin ondas, sin espumas, era mudo.

Proseguimos silenciosos. Mi tristeza apenumbraba todas las cosas. Desembarcamos al comienzo de una barranca y subimos por algunos escalones que descendían al puerto.

El Pipa alegaba con los nativos que nos dieran una vivienda donde pasar la noche. Éstos habían huido al ver a los mastines. Los bogueros me pidieron permiso para dormir en la canoa. Nos acomodamos y Fidel le ordenó a Correa que se acostara junto al Pipa, por si intentaba traicionarnos esa noche; le quitó los collares a los perros, y a oscuras, los llevó junto a nuestras hamacas.

Ofreciéndole mi costado a la carabina, me entregué al sueño.

El Pipa acabó por relatarme sus andanzas. Su mano sabía disparar la flecha, y muchas veces para librarse de sus enemigos, se aplanó en el fondo de las lagunas como un caimán.

Adolescente apenas vino a los Llanos al hato de don Emigdio, hasta que éste lo condenó a muerte. Lo salvaron unos indios que mataron a sus verdugos y le dieron al sentenciado la libertad, pero llevándoselo consigo.

Durante más de veinte años vivió errante y desnudo en las selvas. Fue instructor militar de las tribus en el Capanaparo, y el Vichada. Fue cauchero en el Inírida y en el Vaupes, en el Orinoco y en el Guaviare. Estuvo con los piapocos, los guahibos, los banivas, y los barés, con los cuivas, los carijonas y los huitotos. Pero su mayor influencia la ejercía sobre los guahibos a quienes había perfeccionado en el arte de la guerra.

Prisionero varias veces, conocía varias cárceles en donde se comportaba de manera intachable para salir pronto y volver a los desiertos. Me decía:

—Yo seré su lucero en estos confines si pone a mi cuidado la expedición. Pero no me ponga cerca al mulato Correa, pues me satiriza con tanta roña. Eso no es corriente entre cristianos y desanima a cualquier hombre de sentimiento.

Por ese tiempo me invadió la misantropía.

Nadie había vuelto a nombrar a Alicia por desterrarla de mi pensamiento. ¿Y a Fidel lo atormentaba el tenaz recuerdo? Sólo me parecía triste en sus confidencias. Todo lo había perdido en hora impensada y sin embargo, daba a entender que desde ese instante se sintió más libre y poderoso.

¿Y yo? ¿Qué perdía en Alicia que no pudiera tomar en otras hembras? Ella había sido un mero incidente en mi vida y tuvo el fin de que debía tener. ¡Barrera merecía mi gratitud!

Era una mujer común. Sus cejas eran mezquinas, su cuello corto, la armonía de su perfil un poquillo convencional. Desconocía la ciencia del beso y sus manos fueron incapaces de inventar la menor caricia. Su juventud olía como la de todas.

Se iniciaba en mi voluntad una reacción dolorosa en la que colaboraron el dolor y el escepticismo. Los propósitos de venganza. Me burlé del amor y de la virtud, de las noches bellas y de los días hermosos. No obstante, alguna ráfaga del pasado volvía a refrescar mi ardido pecho, nostálgico de ilusiones, de ternura y serenidad.

Los aborígenes se mostraron ariscos y desconfiados. Después de un intercambio de monosílabos en español aceptaron quedarse en un extremo de la vivienda. No venían mujeres con ellos. El Pipa me explicó que después aparecerían indias viejas para ver qué clase de hombres éramos.

Dos días después aparecieron las mujeres, seniles, repugnantes, batiendo al caminar las flácidas carnes. Se

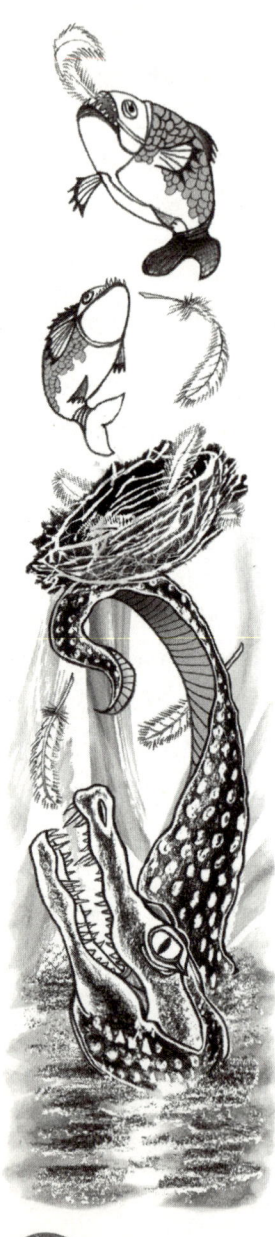

molestaron cuando el Pipa fue el único en tomar un cáustico brebaje que nos ofrecieron.

—Es imperioso —dijo un día Franco— que dejemos esta guarida.

—Ya las mujeres nos prepararon las provisiones, remontaremos el río Caviona y de ahí encontraremos una senda terrestre que nos lleve al Vichada. Nada más que estos *cuñaos*, no quieren ir de cargadores. Lo urgente es comprar pólvora, fósforos, herramientas, mosquiteros, sal, anzuelos. Todo para ustedes, porque yo no lo necesito —nos explicó Pipa.

—Y, ¿en dónde vamos a sacar el oro para tus planes? —pregunté.

—En el garcero de Las Hermosas. Si mal nos va, sacaremos cuatro libras de pluma fina. Cada semana cambiaremos un manojito por mercancías. Iremos cuando estén listos porque está muy lejos.

—No importa, ¡mañana mismo!

En el inundado bosque del garcero, millonario de garzas reales, a nuestro paso, se encumbraban en espiral revuelo. Vimos al garzón soldado, a las zancudas, a las palmípedas, a las corocoras, al ibis egipcio, la cerceta de dorado moño, y al pato alucinante de color rosa. Y por encima de este alado tumulto, volvía a girar la corona eucarística de garzas. Mi espíritu se sentía deslumbrado, como en los días de su candor, al evocar las hostias divinas, los coros angelicales, los cirios inmaculados.

Parecía imposible que pudiéramos llegar al sitio de los nidos y las plumas, el transparente charco nos dejó ver sumergido a un ejército de caimanes y a una innumerable banda de caribes, voraces y terribles peces, que se devoran unos a otros y que descarnan en un segundo a todo ser que cruce las ondas de su dominio.

No faltaban la anguila eléctrica con su descarga que inmoviliza y la palometa de nácar y oro que desciende al fondo para escaparse de las dentelladas de la tonina. Y en este inmenso acuario, flotaban las plumas ambicionadas.

Pero en balsitas inverosímiles, nos distribuimos aquí y allí para recoger el caro tesoro y completar nuestro manojo blanco.

Aquella tarde rendí mi ánimo. ¿Viviría siempre solo en el arte y en el amor? En el velo de mi ilusión, se embozaba Alicia, y procuré manchar con crudo realismo el pensamiento donde la intrusa resurgía.

A nuestro regreso, nos esperaban indios nuevos acompañados de sus mujeres, a quienes ponían la mano sobre el hombro izquierdo para advertirnos que eran casadas.

Las indias que habían huido eran las pollonas. Cada uno de nosotros podía escoger a la que le placiera, cuando el jefe, un cacique matusalénico, recompensara de esa suerte, nuestra adhesión. Pero no era con requiebros y sonrisitas como se las podía conquistar. Era preciso atisbarlas como gacelas y correr en los bosques hasta rendirlas, pues la superioridad del macho debe imponérseles por la fuerza, a cambio de sumisión y de ternura. Yo me sentía incapaz de toda ilusión.

El jefe de la familia me manifestaba cierta frialdad. Yo procuraba halagarlo de diferentes maneras sin resultado.

Traje del garcero dos patos grises, pequeños como palomas, ocultos en unas mochilas; hallé muerto uno al día siguiente y lo desplumé junto al fogón para que se lo comieran los perros. El cacique me amenazó con sus macanas dando alaridos hasta que las mujeres pavoridas, recogieron las plumas y las soplaron en el aire de la mañana.

Mis compañeros me quitaron la carabina para que no amenazara al abuelo audaz. Éste se arrojó al suelo y se cubrió la cara con las manos, besaba la tierra y la manchaba con espuma, luego se quedó rígido de espanto.

Me advirtió el Pipa que las almas de aquellos bárbaros residen en distintos animales y que la del cacique se asemejaba a un pato gris, me dijo que era probable que muriera de sugestión por haber visto al ave sin vida. Apresuréme a sacar el otro pato y lo dejé revolotear entre las ramas, al verlo, el indio se quedó en éxtasis ante el milagro.

Este incidente bastó para acreditarme como dueño de almas y destinos: a mis pies cayeron dos muchachones que se brindaron a seguirnos en nuestra expedición. Las indias se esmeraron en preparar comida, y el viejo me dijo que haría un baile para rendir vasallaje a mi fortaleza y autoridad.

Mi espíritu pregustaba el acre sabor de las próximas aventuras.

Afluyeron al baile más de cincuenta indios pintarrajeados. El cacique se había embijado de achiote y miel, y aspirado polvo de yopo, con el que pareció darle un delirio tremens. Corría tras las muchachas. La chicha fermentada era servida en calabazos y todos la bebían. Luego empezaron a girar sobre las arenas en círculo, sacudiendo el pie izquierdo a cada tres pasos como lo manda el rigor del baile nativo.

De pronto, las mujeres abrazaron a sus hombres y corearon todos los pechos en ascendente alarido:

—¡Aaaaaay... Ohé...!

Observé que mis compañeros giraban ebrios en la danza. Mas a poco, advertí que gritaban como la tribu, como si a todos les devoraran el alma en un solo dolor. Su queja tenían la desesperación de las razas vencidas y era semejante a mi sollozo, ese sollozo de mis aflicciones que suele repercutir en mi corazón aunque lo disimulen los labios:

—¡Aaaaaay... Ohé...!

Cuando me retiré, siguieron mis pasos unas indias y se acurrucaron cerca de mí. Una se atrevió a levantar la punta de mi mosquitero; cerrando los ojos, rechacé la provocación amorosa.

Al amanecer regresaron los juerguistas. Sonreí al notar que ninguno de mis compañeros había vuelto y que faltaban algunas pollonas.

Cuando bajé al río, vi al Pipa boca abajo en la arena, exánime y desnudo bajo el sol. Lo arrastré hasta la sombra. Rayó el día siguiente y ni despertaba ni se movía. Entonces descolgando la carabina cogí al cacique por la melena y lo hinqué en la arena. Abrazándome las rodillas dio con trabajos una explicación:

—¡Nada, nada! Tomando yagé, tomando yagé.

Recordé que el Pipa me había hablado de la yerba. Su jugo hace ver en sueños lo que está pasando en otros lugares.

Las visiones fueron estrafalarias. Vio procesiones de caimanes y tortugas, pantanos llenos de gente, flores que daban gritos y árboles gigantescos que platicaban en la noche y que tenían deseos de escaparse al cielo con las nubes, pero la tierra los agarraba por los tobillos. El Pipa les entendió sus airadas voces.

¡Selva profética, selva enemiga! ¿Cuándo habrá de cumplirse tu predicción?

Llegamos a las márgenes del río Vichada. Durante la travesía los azuzó la muerte tras de nosotros.

Las que antes fueron sabanas úberes se habían convertido en desoladas ciénegas; y con el agua en la cintura seguíamos, famélicos, macilentos, pernoctando en altiplanos inhóspitos, sin hoguera, sin techo, sin protección.

Aquellas latitudes son inmisericordes en la sequía y en invierno. En el verano calcina y en la época de lluvias, invierte el territorio su hostilidad; por donde quiera se ven zorros y conejos encaramados en troncos y aunque las vacas pastan en los esteros con el agua sobre sus lomos, pierden sus tetas en los dientes de los caribes.

Atravesamos a pie desnudo, como lo hicieran los legendarios conquistadores. Cuando al octavo día me señalaron el Monte Vichada, sobrecogióme intenso temblor y me adelanté con el arma al brazo, esperando encontrar a Alicia y a Barrera en sensual coloquio. Y jadeante y entigrecido me agazapé sobre los barrancos de las orillas.

¡Nadie!, ¡nadie! El silencio, la inmensidad.

¿A quién podríamos preguntarle por los caucheros? ¿Para qué seguir caminando río arriba? Era mejor abandonar todo y pedirle a la fiebre que nos rematara.

El fantasma del suicidio me tendió los brazos. Insistía en adueñarse de mi voluntad un demonio trágico, y concebí el morboso intento de asesinar a mis compañeros, movido por la compasión.

En la noche lluviosa extendí el brazo y toqué la cabeza de Franco. Éste se despertó, me tocó la frente y me dijo que mi calentura era de más de cuarenta grados. Me aconsejó tener paciencia, abrigarme para poder sudar y esperar a la mañana en que los indios pudieran pescar algo para comer.

Me advirtió también que el mulatico podía morir esa noche:

—¿No oyes cómo se queja? Sebastiana dice que tiene endurecido el hígado. Además le da por entristecerse cuando escucha cantar cierto pájaro.

Recordando los filtros de Tiana, repuse dudoso:

—¡Ignorancia, superchería!

—No, ayer cuando sacó el tiple para reponerle una clavija rota, se puso a cantar y terminó llorando.

Más tarde, los ladridos de los perros nos despertaron, querían que abandonáramos la orilla del río, porque éste seguía creciendo.

Nos refugiamos en una laja más alta. Pipa, que andaba con los indígenas, regresó trayéndonos noticias. Habían visto una canoa con techo de palma. Iban dos; sería necesario acecharla. Como a las once del día, sigilosamente escondímonos. Los bogueros para evitar un remolino, tuvieron que acercarse a la orilla para remolcarla, entonces, Franco les salió al encuentro con el machete en mano:

—¡Teniente, mi teniente! Soy yo, Helí Mesa —gritó uno de ellos.

Al poco rato ambos hombres se estrechaban en un abrazo.

—¿Qué proyecto ocultan ustedes cuando me preguntan por los caucheros? Barrera se robó a esa gente y se la lleva para el Brasil, a venderla en el río Guainía.

A mí también me enganchó hace dos meses, pero me fugué después de matarle a un capataz. Estos dos indios son de Maipures.

Miré estupefacto a mis camaradas, sintiendo un vértigo más horripilante que el de la fiebre. Nos quedamos estremecidos. Mesa nos observaba con inquietud. Franco rompió el silencio:

—Dime, ¿con los caucheros va Griselda?

—Sí, mi teniente.

—¿Y una muchacha llamada Alicia? —le pregunté con voz convulsa.

—También, también.

Junto al fogón, envueltos en el humo para protegernos de la plaga, oímos el brutal relato de Helí Mesa.

—El día del embarco parecía una fiesta. Hubo damajuanas de aguardiente para todos. Barrera nos pidió que guardáramos las armas para evitar un desgracia en la fiesta. Obedecimos sin protestar. Aunque estaba yo muy bebido, tuve una mala corazonada y estuve a punto de volverme para mi rancho, pero como la niña Griselda hacía burla de mis recelos, resolví quedarme y gritar como todos:

"Viva el progresista señor Barrera. Después de horas, caímos al Vichada. Ahí, el Palomo y el Matacano con otros quince hombres nos acusaron de invadir territorios venezolanos. Las instrucciones de Barrera eran que dejáramos que revisaran todo para que vieran que éramos hombres de paz.

"Esos hombres entraron, pero no salieron. Se pusieron como centinelas en proa y popa, nos mandaron acomodarnos en un solo sitio, seguros de que íbamos desarmados. Barrera nos dijo entonces que iría a quejarse ante el coronel Funes. Iba en el mejor bote, con las mujeres aludidas, las armas y las provisiones. Y se fue sordo a los llantos y a los reproches.

"Después el Palomo nos amarró de dos en dos. En el bote de las mujeres, iban los chicuelos a pleno sol, mojándose las cabecitas para no morir carbonizados. Un niño de pecho lloraba de hambre, el Matacano al verlo lleno de llagas por las picaduras de los zancudos, dijo que se trataba de viruela y tomándolo de los pies lo echó a las ondas; al punto, un caimán lo atrapó y buscó la ribera para tragárselo. La enloquecida madre se lanzó al agua y tuvo igual suerte que la criaturilla. Mientras los centinelas aplaudían la diversión, logré zafarme las ligaduras y arrancándole la bayoneta de las manos, se la hundí al Matacano entre los riñones. Lo dejé clavado en la borda y salté al río.

"Los cocodrilos se entretuvieron con la mujer. Ningún disparo hizo blanco en mí. ¡Dios premió mi venganza y aquí estoy!"

Estreché las manos de Helí Mesa y lo felicité por su acción.

—¡Debí matarlos a todos!

—¿Y entonces para qué mi viaje? —repliqué.

—Tiene usted razón. Seguiré siendo subalterno suyo, mi teniente. Vamos pues a buscar a los forajidos. La pobre gente debe estar ya en el Casiquiare y quién sabe si ya tengan otro dueño. Lo que sí le garantizo es que la niña Griselda y la niña Alicia valen algo. Cualquier pudiente dará por una de ellas hasta diez quintales de goma.

Con esta información, me retiré lleno de pensamientos sombríos y de satisfacciones: y de pronto me asaltó una duda:

—¿Llevaría Alicia a mi hijo en sus entrañas?

Y caí en un colapso sibilador y mi cabeza se desangraba bajo mis uñas.

Reaccioné insensiblemente a esta pregunta:

—A lo mejor, Barrera la habría reservado para su lecho y su negocio, quizá no estaría de peona sino de reina.

¡Pero yo era la muerte... e iba en camino!

Nos pusimos de acuerdo con el Pipa sobre el trayecto que seguiríamos. Escogimos uno muy difícil. Íbamos navegando sobre enlagunadas sabanetas, arrodillados en las canoas, incómodos junto a perros y víveres.

El mulato Correa seguía con fiebres. Lo abracé con lástima cuando lo oí decir que inclinaba la cabeza sobre el pecho para escuchar un tenaz gorgojo que le iba carcomiendo el corazón.

—Ánimo, ánimo —le dije—. ¡No pareces el hombre que conocí!

—Blanco, ésa es la verdá. El que yo era quedó en los *yanos*.

Se quejó de que el Pipa quería hacerle alguna hechicería. Entonces llamé al marrullero y me explicó que sí había hecho hechicería, pero estaba destinada para Barrera. Había hecho un manojo de paja liada con alambre y todas las noches la retorcía para que Barrera sintiera el estrangulamiento en la cintura. A petición mía, arrojó lejos el manojo.

Aunque los ríos nos ofrecían pródiga pesca, la falta de sal nos mermó el aliento. A los zancudos se les unieron los murciélagos que venían en las noches y chocaban con los mosquiteros. Era preciso tapar a los perros.

Una tarde advertí una huella humana, era la de un pie enérgico y diminuto, sin que su vestigio reapareciera por ninguna parte.

Helí Mesa fue el que dijo:

—Es la huella de la indiecita Mapiripana.

Y esa noche después de trazar una mariposa en el suelo con el dedo índice, nos contó la historia:

—La indiecita Mapiripana es la guardiana de los silencios. En otros tiempos, vino un misionero que cometía el pecado de la lujuria, como castigo, la indiecita lo apresó en una cueva y le chupaba los labios hasta rendirlo. A los pocos meses ella dio a luz a dos mellizos aborrecibles: un vampiro y una lechuza. El misionero logró escapar de la cueva, pero sus hijos lo persiguieron. Regresó a la cueva y le pidió a la indiecita que lo librara de sus hijos a lo que ella le contestó que nadie podría librarlo de sus remordimientos. Entonces, el hombre se entregó a la oración y a la penitencia y al final murió con la visión de una mariposa azul, que es la visión final de los que mueren por aquí de fiebres en estas zonas.

Nunca sentí pavor igual, al del día que sorprendí la alucinación en mi cerebro. Oí que me hablaban las arenas de las playas, y las voces de las corrientes de agua. Hice un esfuerzo y para convencerme de mi normalidad recitaba antiguos versos, hacía discursos con temas amenos para mantener la viveza de mi razón.

De pronto, empecé a sentir que estaba muriendo de catalepsia. Quería quejarme y no podía, quería gritar, pero la rigidez me tenía cogido y sólo mis cabellos se alborotaban. Sentí cómo el hielo me penetraba por las uñas de los pies y ascendía gravemente como el agua que invade un terrón de azúcar. El globo de mi pupila relampagueó al endurecerse.

Aterrado, aturdido, comprendí que mis clamores eran ecos mentales que se apagaban en mi cerebro. Me parecía que una sombra empuñaba la guadaña y la dejaba caer en mi cabeza.

En la confusión, oía a las raíces de la caoba quejarse. En eso, Franco se acercó sonriendo y con su dedo me tentó la pupila estática:

—¡Preparen la sepultura, está muerto! Era lo mejor que podía sucederle.

Con un esfuerzo sobrehumano, moví los ojos, resucité. Franco me sacudía:

—¡No te vuelvas a dormir del lado izquierdo, que das alaridos pavorosos!

¡Pero yo no estaba dormido, no estaba dormido!

Los indios maipureños que venían con Halí Mesa parecían mudos, no se mezclaban con nadie, nada pedían, se apartaban de nosotros en la oscuridad. Cuando llegamos cerca del río Isana nos suplicaron que los dejáramos regresar al río Orinoco. A través de su intérprete nos decían:

—No remontes estas aguas que son malditas.

Nos advirtieron que debíamos mantenernos lejos de las patrullas armadas de El Cayeno y de una tribu de prófugos siringales.

Una noche, sentí ladridos y gritos de protesta. Eran los indios maipureños que junto con el Pipa querían largarse con la canoa. El castigo fue para el Pipa que los había aconsejado para que se fueran.

Las semanas siguientes las malgastamos en domeñar caudales tronitosos. El agua provocaba una ventolina que remecía a los bambúes. Desde un voladero jalábamos la curiara con una amarra. Sin embargo, se resistió

porque no tenía lastre ni timonel. Helí Mesa les ordenó a los maipureños que ganaran de un salto la embarcación para poder controlarla. Los briosos nativos obedecieron y saltaron a la embarcación. Mas de repente, se tronaron las amarras y la canoa retrocedió al tumbo de las cascadas y antes de que pudiéramos lanzar un grito, el embudo trágico los absorbió a todos.

La visión trágica del naufragio me sacudió con una ráfaga de belleza. La muerte había escogido una forma nueva contra sus víctimas. Mientras corríamos por el peñasco a tirar del cable de salvamento, grité:

—Franco eres un necio. ¿Cómo pretendes salvar a quienes perecieron súbitamente? ¿Qué beneficios les darías? ¡Déjalos ahí y envidiemos su muerte!

Franco me acusó de inhumano y detestable. Jamás había conocido una ira tan elocuente y tumultuosa. Habló de su vida sacrificada por mi capricho, de mi carácter voluntarioso, de mi rencor. Me dijo que había sido desleal con él cuando la penuria me denunciaba, cuando le dije que era casado y Alicia demostraba en sus actitudes la indecisión de la querida; cuando la celaba como una virgen, después de que yo la había encanallado y pervertido. Y que no podía desgañitarme porque otro se la llevaba, cuando yo al raptarla, la había iniciado en la perfidia. ¡Y arrastrarlos a ellos en la aventura de un viaje mortífero, todo por ser un desequilibrado tan impulsivo como teatral!

La última frase me cayó como un martillazo. ¿Yo, un desequilibrado? Devolví el golpe. Ofendí a Franco diciéndole que lo que yo había hecho con Alicia, él lo había hecho con Griselda y que hasta había matado a su capitán por ella y que no estaba mal tener una querida, sino casarse con ella. Entonces escuché revelaciones abrumadoras.

Me dijo que él no había matado al capitán, había sido la propia Griselda quien lo había apuñalado cuando lo sorprendió entrando a oscuras en su cuarto. También explicó que no estaba casado con Griselda, que había sido una invención de ella, que no perdía ocasión de predicar su falso matrimonio.

Fidel seguía desnudando su corazón. Todos los días cultivó el deseo que la mujer lo dejara, pero ella lejos de serle infiel, se dio a considerarlo y atenderlo. Por ella había organizado la hacienda de La Maporita. Pensaba dejar pasar el tiempo de prescripción para regresar a su cuartel de Antioquia. Sin embargo, se encendió en él la llama de los celos. Yo le contagié el furor y ahora seguía mis pasos hasta el desastre. ¡No podía volver atrás! ¡Ni viva ni muerta admitiría a la desertora!

No guardo memoria de lo que dijo después. El velo del pasado descorrió ante mis ojos. Me quedaron claras varias circunstancias: sobre todo el hecho de que Alicia se ligara a la niña Griselda como su confidente y asesora, pensando que en cualquier momento yo la pudiera repudiar.

Mis pensamientos fueron interrumpidos por Helí Mesa que nos convenció a Fidel y a mí, que nuestra amistad resistía cualquier choque. Nos estrechamos las manos. Esa noche, el Pipa y los indios guahibos se fugaron.

Por la mañana, les dije a mis amigos:

—Faltaría a mi conciencia y a mi lealtad si no les dijera en este momento que son libres de seguir su propia estrella. Déjenme solo, que mi destino desarrollará su trayectoria. Si me acompañan, será corriendo el mundo por cuenta propia, cada quien afrontará su destino por separado.

El Halí Mesa respondió por todos:

—Los cuatro formaremos un solo hombre. No hemos nacido para reliquias. ¡A lo hecho, pecho!

Una vez más, juntos nos aventuramos a la travesía sin más recursos que los chinchorros y las armas.

Conforme íbamos avanzando descubríamos rastros de gente: espinas de pescado, fogones, cáscaras, pero también latas, botellas vacías. No se trataba sólo de indios, sino de gomeros recién llegados.

Mi dureza contra el vigía fue bestial. Era un anciano de elevada estatura que me miraba con tímidos ojos:

—¡Por favor, señor, no me mate!

Al escuchar tal imploración y ver su ancianidad, me acordé de mi padre y con el alma angustiada, abracé al cautivo para levantarlo del suelo.

Mis camaradas ya habían revisado la barraca. No había nadie. El anciano nos pudo dar cierta información:

—A mí me dejaron hace unos días porque estaba enfermo. Los cadáveres que seguramente encontraron pertenecían a unos secuaces del coronel Funes, que fueron asaltados por gente de El Cayeno.

Nos sacó mañoco de donde lo tenían escondido y nos aseguró que no estaba envenenado. Comió algo delante de nosotros para probarlo.

Al ver sus lágrimas, le dije:

—No se aflija usted. Déjenos saborear sus provisiones. Seremos amigos.

El anciano se llamaba Clemente Silva y tenía más de dieciséis años vagando por los montes, trabajando de cauchero y sin un solo centavo.

—Yo vi las avanzadas de ustedes. Eran tres nadando por el río. Llevaban la ropa atada a la cabeza. Me sorprende que Cayeno no los haya descubierto.

De inmediato me acordé del Pipa y los indios.

En la mañana me desperté y pregunté a Mesa por el anciano, que estaba en la zanja lavándose las heridas que traía en las piernas, lo acompañaba Fidel. Y agregó que era colombiano y él no lo sabía, que a lo mejor sería bueno confesarle todo y pedirle ayuda.

Cuando fui a la fuente, me enternecí de ver a Fidel lavarle las llagas al afligido. Le pregunté de qué eran esas llagas y me contestó que eran producidas por las picaduras de las sanguijuelas.

—Mientras el cauchero sangra al árbol, las sanguijuelas lo sangran a él, la selva se defiende de sus verdugos y al final el hombre resulta vencido.

—Entonces la lucha es a muerte.

—Eso sin contar los zancudos y las hormigas. Hay algo peor todavía, la selva trastorna al hombre, desarrollándole los instintos más inhumanos; la crueldad invade las almas y la codicia quema como fiebre.

Nos siguió hablando de los peligros de la selva, y mientras lo hacía le propuse revisar sus llagas.

—Fidel, estás ciego —exclamé—. ¡En estas úlceras hay gusanos!

—Habrá que buscar otoba para matarlos.

Luego lo condujimos a la barraca. Por la tarde le confesé quiénes éramos en realidad:

—No lo mataremos ni lo apresaremos, a pesar de ser un cómplice del Cayeno. Le pido que se encargue de nuestra suerte, porque somos sus paisanos y estamos solos.

—¡Son colombianos, son colombianos! ¡Juro por Dios y por su justicia que les seré leal!

Luego nos explicó la situación de El Cayeno y de la región. Nos dijo que deberíamos acudir a ver a La Madona, una turca llamada Zoraida Ayram que tenía negocios con los siringueros y una tienda renombrada en Manaos.

—Yo la conozco, fui su sirviente. Ella me trajo desde el río Negro hasta el Putumayo, me trataban tan mal ahí, que me eché a sus pies rogándole que me comprara. Luego me vendió a su compatriota Miguel Pezil para los gomales de Yaguanarí.

—¿Conoce el siringal de Yaguanarí? Para allá vamos.

—Sí señores. La Madona dijo que llegaron hace un mes veinte colombianos y varias mujeres a picar goma.

—¡Veinte, tan sólo veinte! ¡Si eran setenta y dos!

Nos mirábamos unos a otros y repetíamos inconscientes:

—¡Yaguanarí! ¡Yaguanarí!

Cuando escuchó nuestra historia, don Clemente pudo agregar alguna información adicional:

—Sé que Barrera tiene negocios con Pezil y El Cayeno, y que se había comprometido a traer a doscientos colombianos, mas en el camino fue pagando viejas deudas a cambio de los paisanos que traía. Para ver a La Madona es preciso tener paciencia, nos iremos cuando venza mi turno de vigía el próximo sábado. Cuando lleguemos al campamento, se presentarán uste-des solos, para no despertar recelos, dirán que los asaltaron unos gendarmes y que les quitaron su mercancía. Ya sabemos que a éstos, El Cayeno los acuchilló. Dirán que llegan a implorar garantías, esto aumentará el crédito de la empresa y no levantarán sospechas. Yo llegaré luego para hacer resaltar la circunstancia de que llegaron solos. Esperemos que El Cayeno no piense que se escaparon de otras barracas, porque aquí la ley que se aplica es que los empresarios se comprometen a detener a todo individuo que no justifique su procedencia o que no presente la constancia de su patrón de que pagó todo lo que debía. Esto ha sido fuente de abusos y secuestros. El cautivo pasa a poder de quien lo cogió y lo pone a trabajar en sus siringales mientras se averigua lo conveniente. Corren años y años, y la esclavitud nunca termina. ¡Yo llevo dieciséis años de miseria! Mas poseo un tesoro que vale un mundo, que no pueden robarme, que llevaré a mi tierra si llego a ser libre: un cajoncito lleno de huesos.

Esa tarde nos contó su historia; ésta empezaba cuando su hija "dio su brazo a torcer".

"El miserable que la engañó la sedujo en mi ausencia. Mi hijo más pequeño, Luciano, me advirtió del deshonor de su hermana, mas yo lo reprendí diciéndole que no se opusiera a las relaciones de los dos jóvenes que se iban a casar. La respuesta de Lucianito fue que estaba resuelto a perder la tierra, antes que la deshonra de la familia lo hiciera sonrojarse frente a sus compañeros.

"Busqué por todos lados a la ingrata, pero sólo obtuve humillaciones. Cuando volví a casa, me esperaba un nuevo dolor. Encontré la pizarra de Luciano pendiendo del muro, y escritas en ella estas palabras: Adiós adiós.

"Mi pobre esposa murió de pena. Al colocarla sobre el ataúd le prometí que traería a Luciano, vivo o muerto, a que la acompañara.

"Seguí las huellas de Lucianito hasta el Putumayo, ahí unos hombres me dijeron que habían visto a un muchachito pálido que buscaba las cuacherías del peruano Larrañaga. En Mocha seguí el rastro de mi hijo, pero nadie me supo decir hacia qué barraca se había encaminado. Decidí ir al puerto de La Florida, donde peruanos tenían barracas. Aunque ya me habían dicho que mi pequeño no era conocido en la zona, me quise convencer y salí a trabajar la goma. Por un problema que tuve con mi capataz me enviaron para El Encanto. Así lograba mi propósito de ir a buscar a Luciano a otros gomales.

Don Clemente enmudeció, después agregó:

—Esta pausa que hice abarca dos años. De El Encanto me escapé para La Chorrera.

"Llegué a La Chorrera cuando celebraban el carnaval. Todos estaban de fiesta. Inesperadamente un capataz hizo el anuncio de que los cauchales de El Encanto y La Chorrera eran de un solo dueño, el señor Arana.

"Yo me escurría por entre la gente, temeroso de hallar a mi hijo, sin embargo, resolví preguntar por él. Mis preguntas producían hilaridad. Mientras la celebración seguía, un cuadrillero que quería chancear con los indios los quiso engañar y en lugar de darles aguardiente, les sirvió petróleo. Como los indios no lo aceptaron, el capataz se los echó encima. Nadie sabe cómo pasó, pero a alguno de los indios se le prendieron los fósforos y se prendieron con una llamarada crepitante. Se lanzaron sobre el tumulto rumbo al agua corriente, en donde se sumergieron agonizando. Los empresarios sólo se asomaron por la baranda y dieron órdenes de que se suspendiera la fiesta y que los peones fueran encerrados en sus barracas.

"En medio de tanto bullicio, alcancé a gritar: ¡Lucianito, aquí está tu padre!

"Al día siguiente tuve un altercado con un negro que me reconoció de El Encanto. Me acusó con el tenedor de libros, a quien había yo acudido a preguntar por la cantidad con la que pagaría las deudas de mi hijo y lo rescataría. El escándalo que se armó cuando abofeteé al contabilista por las ofensas que *mi* hizo, provocó que el mismo dueño de los cauchales se asomara a ver qué pasaba. Sin duda había escuchado algo de la conversación y de mis preguntas.

"Me preguntó cuántos años tenía Luciano y si estaba dispuesto a pagarle por la cuenta suya y la mía cinco mil soles. Le contesté que sí.

"Me proporcionó él mismo los medios para pagarle las cuentas. Me dio un salvoconducto que hacía rabiar de envidia a los capataces. Decidí irme de rumbero, pues sabía orientarme bien al Caquetá.

"El pasaporte que me dio el señor Arana hacía rabiar de envidia a los capataces. Podía transitar por donde yo quisiera y ellos debían darme lo necesario. Decidí irme a la hoya del Putumayo a buscar a mi hijo. Ahí me atrapó un vigilante y mandó en consulta el salvoconducto. La respuesta fue favorable, pero me reformaron una atribución. Ya no podría escoger a Luciano Silva, mi hijo.

"Muchas veces oía el estruendo que hacían al caer los árboles del caucho, y pensaba que a mi chicuelo podría aplastarlo alguna rama.

"Cierto día en que sorprendí a un peón escondiendo su caucho para robarlo después, y que me amenazó con su machete, le dije: 'Te voy a probar que no soy espía. No contaré nada, sólo dime donde está Luciano Silva'.

—¡Ah... Silvita! trabaja en Capalurco sobre el río Napo con la peonada de Juan Muñeiro.

"Me di a la tarea de acercarme lo más que pudiera a esa zona. En un lugar llamado El Ensueño, cerca de Tamboriaco, un capataz me contó que se había fugado

con todo y caucheros. A él también lo habían invitado a irse, pero intuyó que todo era un fraude, pues sabía que Muñeiro les prometía ayudarlos a vender la goma y dejarlos libres y con esa ilusión se los llevaba a otros ríos y los vendía a nuevos patrones.

"Al oír esta declaración me descoyunté, pensaba que mi hijo ya estaba en un país extranjero y eso me reconfortaba; yo me quedaría en la esclavitud por los días que me quedaran en mi propio país.

"Prosiguió mi interlocutor: dijo que los dueños pensaban que yo había llevado la peonada de Muñeiro a Caquetá y varias comisiones me andaban buscando. Le sugirió que mejor me entregara y pusiera las cosas en claro. Tardé más de quince días en regresar a El Encanto, aunque me declaré inocente de la fuga de

Muñeiro, me decretaron una novena de veinte azotes diarios, sobre mis esperanzas, pasaron los tiempos. Lucianito debía tener diecinueve años.

"Por esa época llegó un francés como explorador y naturalista. Fui asignado como rumbero para guiarlo por donde él quisiera. En el día yo iba abriendo espesuras con mi machete y él me seguía observando plantas, insectos, resinas. De noche se ponía a observar las estrellas.

"El francés me dio botas para caminar en la selva y se condolía de las fiebres que me aquejaban. Un día que encontramos un árbol castrado antiguamente por los caucheros, cuya corteza estaba llena de cicatrices, se acercó y me dijo que quería descifrar algunos jeroglíficos que estaban tallados en el tronco. Me acerqué congojoso al reconocer mi obra de antaño: 'Aquí estuvo Clemente Silva.' Del otro lado estaban grabadas las palabras de Lucianito: 'Adiós, adiós. ¡Oh, mosiú', esto lo hice yo!

"Y le conté la historia de mi vida, le referí la vida horrible de los caucheros, le enumeré los tormentos que soportábamos y lo convencí. De ahí en adelante, con su cámara Kodak se perpetuaron las fases de tortura, sin tregua ni disimulo, el sabio fotografió mutilaciones y cicatrices. Mandó notas a Londres, París y Lima.

"Esta situación no podía durar mucho. Un capataz llamado el Culebrón se puso en marcha con cuatro hombres y el infeliz francés nunca regresó. A mí me cogieron cuando llevaba unas cartas que me había dado para entregarlas. Me castigaron y me pusieron grilletes.

"Al año siguiente, en el periódico *La Felpa*, se publicaron columnas que clamaban contra los crímenes que se cometían en el Putumayo. Un ejemplar circulaba entre los peones, pero había que tener cuidado, pues a los que sorprendieran leyéndolo, les cosían los párpados y les echaban cera caliente en los oídos.

"Un día que me conducía el capataz a El Encanto, me deparaba una sorpresa. Había llegado un Visitador del gobierno.

"De nada valió esta vista, fue engañado por los empresarios. Entre ellos y los capataces le hicieron creer que las cosas no estaban mal y que todo era invención de nuestros vecinos peruanos, que así querían impedir 'que nuestra nación recuperara sus territorios', además la empresa abría sus brazos a quien quería enaltecerse con el esfuerzo... que había toda clase de trabajadores indisciplinados que se vengaban de la empresa que los corregía, desacreditando a los vigilantes, a quienes achacan toda lesión.

"El Visitador hizo un signo de complacencia.

"Al anochecer, me fue a ver un abuelo llamado Balbino Jácome. A él se le había secado una pierna por la picadura de una tarántula."

—Paisano, cuando pise tierra cristina —me dijo— pague una misa por mi intención en memoria de lo que hemos perdido.

"Me dio una larga explicación de cómo a través de sus acciones había sabido aminorar los castigos dirigidos a los colombianos."

—No hice mas que amoldarme al medio, jugar al tute escogiendo las cartas, de esta manera hago lo que puedo como buen patriota, disfrazado de mercenario.

"En su conversación, me enumeró todas las consecuencias de la malograda visita del enviado del gobierno, me dijo que a la larga nos haría más daño, pues oficialmente dirían que no había nada qué perseguir":

—De aquí en adelante nadie prestará crédito a las torturas y a las expoliaciones y sucumbiremos irredentos porque se ha desmentido oficialmente toda nuestra amarga situación.

"Sin hacer caso de mí, siguió hablando como si supiera que yo pronto estaría en otra situación.

—Óigame este consejo: ¡no diga nada! Si le preguntan por el francés, diga que la empresa lo envió a explorar en lo desconocido; si le preguntan sobre cómo es posible que el Culebrón anduviera enseñando el reloj del sabio, conteste que eso fue una borrachera, no hable de las uñazas del Chispita que las tiene afiladas como lancetas y que pueden matar a un indio con imperceptible rasguño, por el veneno de curare con que las teñía.

—Paisano usted habla como si yo estuviera en otra zona, como si estuviera seguro de salir de aquí.

—Si señor. Tengo quien lo compre: La Madona Zoraida Ayram. Lo estuvo observando cuando el Visitador lo llamó a declarar. Como vi su interés, le dije que usted era el hombre que le convenía. Es letrado, ducho en números y facturas, buen boguero, mercader. Le dije que si a usted lo hubiera tenido cuando el asuntillo de Juan Muñeiro, no hubiera tenido complicaciones.

—¿Cuáles complicaciones?

—Descuidos, pues La Madona les compró el caucho a los fugados y luego tuvo problemas porque se lo querían decomisar.

"Con esta información, me di cuenta que ella tendría información sobre Lucianito que había estado con el grupo que se fugó con Muñeiro.

—Compañero, ¡me voy a hablar con ella!

"Veinte días después estaba en Iquitos.

"Pronto me vi en la lancha de La Madona en cuya popa gobernaba yo el timón. No tardé en convencerme que mi ama era de un carácter insoportable. Se negó a creer que yo era padre de Lucianito. Habló despectivamente de Muñeiro pues la engañó. Me informó que los fugados burlaron las guarniciones del Amazonas, y se dirigieron por un brazo del río Taraira, hacia el Vaupés, a cuyas márgenes fue a buscarlos para que la indemnizaran de los perjuicios, sin lograr más que decepciones y calumnias contra su decoro de mujer virgen, pues hubo deslenguados que se atrevieron a inventar un drama de amor.

—No olvides, viejo de tu vil condición de criado. No me hagas preguntas familiares. ¡Qué me importa si Lucianito es buen mozo, si tiene buena salud y modales nobles! Si sigues de necio, venderé tu cuenta a quien me la compre.

"Yo le contesté:

—Madona no me trate así. Llevo ocho años buscando a mi hijo. ¡Sólo quiero saber si Luciano ignora que lo busco; si se topaba con mis señas en los árboles, y si se acordaba de su mamá!

"Seguimos con la discusión y ella me amenazó a entregarme al juez, yo le contesté que le llevaría información muy valiosa, graves revelaciones. Iracunda me contestó:

—¡En Manaos te dejaré libre! ¡Irás al Vaupés a abrazar a tu hijo, quien de seguro te anda buscando!

"Horas después, desembarcamos.

"El altercado con La Madona me enalteció. La servidumbre me miraba con respeto. El motorista y el timonel me ofrecieron cigarrillos y fuego.

—Señor Silva, ¡usted nos ha vengado de muchas afrentas!

"La mestiza que servía de camarera de La Madona les pidió a los marineros que le pusieran la hamaca porque su señora tenía fuertes cefálicos, ya hasta se había tomado dos aspirinas.

"La camarera se me acercó:

—Dice la señora que usted se encargue de todos los trámites de las mercancías ante la aduana, porque es el hombre de confianza. La pobrecita ha llorado mucho al pensar en Lu.

—¿Y, quién es Lu?

—Lucianito, así le decía cuando anduvieron juntos en Vaupés.

"Al escuchar esta confidencia temblé de amargura y resentimiento. Ignoro en qué momento me puse en marcha, recorrí calles, suburbios, plazas, ya entrada la noche alguien me indicó dónde vivía el cónsul de Colombia, para eso había llegado, para hablar con él. Cuando llegué a la oficina, estaba cerrada, un letrero en cobre decía: Horas de despacho de nueve a once.

"Me sentí acobardado en la ciudad. Me parecía que alguien me iba a preguntar por qué andaba de ocioso, por qué había desertado de mi barraca. La libertad me desconocía, porque no era libre: tenía un acreedor y una deuda.

"Regresé al barco y pregunté si alguien sabía si en ese pueblo había un cónsul de mi país. Nadie supo decirme nada. Al amanecer, decidí regresar a donde estaba puesto el letrero en latón. Salió un hombre en mangas de camisa; en pocas palabras me informó que él no era representante de Colombia y que no podía hacer nada por mí. Cuando le confié algunos detalles del francés y le di el nombre de mi hijo, me advirtió que lo mejor era que permaneciera callado, pues el cónsul francés tenía noticias de un tal Silva que había aparecido llevando el traje del francés.

"Desconcertado, me despedí. Con trabajos di con el puerto. El motorista y el timonel ya me esperaban.

Partiríamos sin la patrona, pues había tomado pasaje en el buque que entraba en el Río Negro.

—Señor Silva, conozca a tres compañeros del personal del señor Pezil.

"Al instalarnos para partir, uno de los muchachos me dijo:

—De todo corazón lo acompaño en su desgracia.

—Les agradezco sus expresiones —contesté:

—En el propio raudal del Yavaraté. Contra las raíces de una jacaranda...

—¿Qué me dice usted? —pregunté muy extrañado.

—Que es preciso esperar tres años para poder sacar los huesos.

—¿De quién? ¿De quién?

—De su pobre hijo. ¡Lo mató un árbol!

"El trueno del motor apagó mi grito:

—¡Vida mía! ¡Lo mató un árbol!"

Tercera parte

¡Yo he sido cauchero! Viví en la soledad de las montañas, con mi cuadrilla de hombres palúdicos, picando la corteza de unos árboles que tienen sangre blanca como los dioses. A mil leguas del hogar donde nací, maldije los recuerdos porque todos son tristes.

¡A menudo, al clavar la hachuela en el tronco vivo sentí deseos de descargarla contra mi propia mano, que tocó las monedas sin atraparlas, mano desventurada que ha vacilado en libertarme de la vida. ¡Y sin pensar que tantas gentes en esta selva están soportando igual dolor!

¡¿Quién estableció el desequilibrio entre la realidad y el alma incolmable? ¿Para qué nos dieron alas en el vacío? ¡Nuestra madrastra fue la pobreza, nuestro tirano, la aspiración! ¡Sólo fuimos héroes de lo mediocre!

Esclavo, no te quejes de la fatiga; preso, no te duelas de tu prisión. ¡La cadena que muerde tus tobillos es más piadosa que las sanguijuelas de estos pantanos; el carcelero que te atormenta no es tan adusto como estos árboles que nos vigilan sin hablar!

¿Qué importa que mi vecino que trabaja en la vega próxima muera de fiebre? Derrotado por la hediondez, le robaré la goma que haya extraído y mi trabajo será menor. ¡Otro tanto harán conmigo cuando muera!

—¡Yo he sido cauchero, yo soy cauchero! ¡Y lo que hizo mi mano contra los árboles, puede hacerlo contra los hombres!

Íbamos por uno de los brazos del río Guaracú. Después de escuchar los pesares de don Clemente, le expresé:

—Sepa usted don Clemente que creo que su bondad y timidez han sido cómplices de sus victimarios. Aunque ya mis iniciativas parecen súplicas al fracaso, tengo el presentimiento de que esta vez se mueven mis pasos hacia el desquite. No sé cómo se cumplirán los hechos futuros, ni cuántas pruebas ha de resistir mi perseverancia; lo que menos me importa es morir aquí, con tal de que muera a tiempo. Si usted no quiere afrontar calamidades, escápese en una balsa por este río.

—¿Y mi tesoro? ¿No sabe que El Cayeno guarda los despojos de Lucianito? ¿Cree usted que sin esa prenda andaría yo suelto?

Por lo pronto nada tuve que replicar.

—Los huesos de mi hijo son mi cadena. Ni siquiera los poseo todos. Tuve que dejar algunas falanges el día que los exhumé. Los cargaba envueltos en mi cobija, cuando El Cayeno me capturó. Sé que son los huesos de mi hijo, la calavera es inconfundible: en la encía superior tiene un diente encaramado sobre los otros. Tal vez con la pica alcancé a perforar el cráneo, pues tiene un agujero en el frontal.

Hubo una pausa. El mulato Correa, dijo aproximándose a don Clemente:

—*Camaráa.* Siempre es mejorcito que nos volvamos. Tengo cuatro reses de primer parto, y de seguro que ya *tán parías.* Déjese de huesos que son guiñosos. Ruéguele a estos señores que reclamen la osamenta y la sepulten bajo un cruz y verá cómo le cambia la suerte.

—Ya no es tiempo de indecisiones —exclamé colérico—. ¡Mulato, adelante! ¡Ya te pasó la hora!

Hubiera deseado que mis amigos marcharan menos silenciosos: ¿qué debían importarme las desventuras ajenas, si con las propias iba de rastra? ¿Por qué hacerle promesas a don Clemente, si Barrera y Alicia me tenían comprometido? El concepto de Franco empezó a angustiarme: "Era yo un desequilibrado impulsivo y teatral."

Llegué a dudar de mi espíritu. ¿Loco yo? Ya se me había ocurrido un proyecto lógico: entregarme como rehén en las barracas del Guaracú, mientras el viejo Silva se marchaba llevando secretamente un pliego de acusaciones al cónsul de mi país, que vendría a rescatarme. El Cayeno habría de decir de tan ventajosa propuesta: un cauchero joven o dos más, porque Franco no me abandonaría por un anciano.

Me imaginaba cómo me ganaría su confianza para que nos dejara ir al Yaguanarí. Una vez ahí, cualquier día me enfrentaría con mi enemigo y le daría muerte en presencia de Alicia y de los enganchados. Después, cuando nuestro cónsul desembarcara con una guarnición de gendarmes para libertarnos, mis compatriotas exclamarían: ¡el implacable Cova nos vengó a todos y se internó por este desierto!

Mientras discurrí estos pensamientos, principié en notar que mis pantorrillas se hundían en las hojarascas y que los árboles iban creciendo a cada segundo. Aunque mis compañeros caminaban cerca, no los veía. Tuve miedo de hallarme solo y me eché a correr hacia cualquier parte. No supe más. Mis camaradas me desenredaron de entre una malla de trepadoras.

Franco le rogó a don Clemente que abandonáramos ese camino, que yo estaba enfermo. A sus palabras siguieron mis protestas de que me encontraba bien y para desmentir sus afirmaciones me puse de guía por entre el bosque.

Un momento después me alcanzó don Clemente y me dijo.

—Paisano, usted ha sentido el embrujamiento de la montaña. Pero no se afane ni tenga miedo, es que algunos árboles son muy burlones.

—En verdad, no le entiendo...

—Nadie sabe cuál es la causa del misterio que nos trastorna cuando vagamos en la selva. Estos árboles que en otro lugar serían amistosos y hasta risueños, aquí son perversos. En estos silencios tienen su manera de combatirnos: algo nos asusta, nos oprime y nos extraviamos. Por esa razón miles de caucheros no volvieron a salir nunca. Yo también he sentido la mala influencia en distintos casos, especialmente en Yaguanarí.

Por primera vez, en todo su horror, se ensanchó ante mí la selva inhumana. Por doquiera el bejuco "matapalo" pega sus tentáculos a los troncos, acogotándolos y retorciéndolos para injertárselos y trasfundírselos en una transformación dolorosa. Ahí están los trillones de hormigas devastadoras que regresan a su túnel con sus gallardetes de hojas y flores. El comején enferma a los árboles carcomiéndoles sus tejidos y pulverizando la corteza.

Entre tanto, la tierra cumple las sucesivas renovaciones: por todas partes aparece el sopor de la muerte y el marasmo de la procreación.

Aquí de noche, voces desconocidas, luces fantasmagóricas, silencios fúnebres. Es la muerte que pasa dando la vida.

Esta selva sádica y virgen procura al ánimo la alucinación del peligro próximo. El vegetal es un ser sensible. Bajo su poder, los nervios del hombre se convierten en haz de cuerdas, distendidas hacia el asalto, hacia la acechanza. Los sentidos humanos equivocan sus facultades.

No obstante, es el hombre civilizado el paladín de la destrucción. Delirantes de paludismo se despojan de la conciencia. Por fin, un día, en la peña de cualquier río, alzan una choza y se llaman "amos de empresa", y arremeten unos contra otros y se matan y se sojuzgan en los intervalos de su denuedo contra el bosque.

Uno de aquellos hombres escapó de Cayena, presidio célebre porque tiene por foso el océano. Se arrojó al mar y vino a las vegas del Papunagua, asaltó los tambos de goma ajenos, sometió a los caucheros prófugos y monopolizó la explotación de la goma. Vivía con sus parciales y sus esclavos en las barracas del Guaracú, cuyas luces lejanas, a través de la espesura, palpitaban ante nosotros la noche que retardamos la llegada.

¡Quién nos hubiera dicho en ese momento que nuestros destinos describirían la misma trayectoria de crueldad!

Durante los días empleados en recorrer el camino, mi fortaleza física era aparente, sólo mis compañeros parecían inmunes a la fatiga, hasta el viejo Clemente, a pesar de sus años resultaba más vigoroso en las marchas.

A cada momento se detenían para esperarme. La mano de Fidel me prestaba ayuda al pisar los troncos que utilizábamos como puentes. Esta situación me volvió desconfiado, irritable, díscolo; nuestro Jefe en tales emergencias era don Clemente, por el que empecé a sentir una secreta rivalidad. Hacía notar mi falta de preparación para medirme con El Cayeno, y estas prédicas tenían eco en mis compañeros.

Silenciosos, me tomaban la delantera mirándome de soslayo. Esto me indignaba. Sentía contra ellos un súbito odio. Probablemente se burlaban de mi jactancia. ¿O habrían tomado una dirección que no fuera la del Guaracú?

—Óigame viejo —grite—¡si no me lleva al Isana, le pego un tiro!

El anciano sabía que no lo amenazaba por broma, comprendió que el desierto me poseía. Matar a un hombre. ¿Por qué no? Era un fenómeno natural. ¿Qué otro modo más rápido para solucionar los conflictos diarios?

Y por ese proceso —¡oh selva!— hemos pasado todos los que caemos en tu vorágine.

Agachados entre la fronda, con las manos en las carabinas debíamos pernoctar sin encender fuego. Sollozando en la oscuridad pasaba una corriente desconocida. Era el Isana.

—Don Clemente —dije abrazándolo— en estos rumbos es usted la más alta sabiduría.

—Sin embargo —contestó— le cogí una vez miedo a la profesión, cuando anduve perdido más de dos meses en el siringal de Yaguanarí.

Desde que se enteró de la muerte de su hijo, cifró sus esperanza en prolongar más tiempo su esclavitud. Quería ser cauchero unos años más, hasta que la tierra le permitiera desenterrar los huesos de Luciano.

Necesitaba acercarse al Vaupés, por ello convenció a La Madona a que lo vendiera al turco Pezil, quien lo llevó a su hermosa quinta del Naranjal. Ahí por un problema con una sirvienta, lo despacharon. A la sirvienta, el propio Pezil la azotó con un látigo en cada mano.

Mandaron a don Clemente al barrancón de Yurubaxí, y se encontró con el querido de la sirvienta flagelada. Este capataz había jurado matar a Pezil donde lo encontrara. Para vengarse internamente de su amo, incitó a los gomeros a que se escaparan con el producto de sus tambos. Don Clemente recelando una trampa, no comentó nada.

El barrancón estaba ubicado sobre un arrecife que no se inundaba. Los trabajadores se pasaban meses enteros sin verle la cara al capataz y como no se separaban de las orillas del río, carecían del instinto de orientación. Las habilidades en este sentido del viejo Silva eran bien conocidas.

Una mañana, los hombres oyeron gritos desaforados y se agruparon en la roca. Un cauchero que viajaba en una canoa dio la voz de alarma:

—¡Tambochas, tambochas! ¡Y los caucheros están aislados!

Era la invasión de hormigas carnívoras, que nacen quién sabe dónde, y al venir el invierno emigran para morir, barriendo el monte en leguas y leguas. Se imponen por el terror que inspiran su veneno y su multitud. Ponen en fuga pueblos enteros de hombres y animales.

La noticia cundió, y con rapidez recogieron sus herramientas.

—¿Por qué lado viene la ronda?

—Parece que ha tomado las dos orillas.

—¿Y cuáles caucheros quedan?

—Son cinco que están en la ciénaga de El Silencio, que ni siquiera tienen canoa.

—¡Qué remedio! ¿Quién se arriesga a perderse en esos pantanos?

—¡Yo! —dijo el anciano Clemente.

—Y yo. ¡Allá está mi hermano! —gritó Lauro Coutinho.

Escogieron los víveres que pudieron, y partieron rumbo al río Marié.

Marchaban presurosos por entre el barro, cuando Lauro le dijo que era el momento de escapar. El anciano estuvo de acuerdo.

—Habría que consultarlo con los otros caucheros.

—De ello yo respondo —contestó Lauro.

Al día siguiente encontraron a los hombres jugando dados. "¿Cuáles hormigas?, nos reímos de las tambochas."

—Es hora de escaparnos, sabemos que un rumbero como usted es capaz de sacarnos de aquí.

Y se lanzaron a la selva con la ilusión de la libertad. Iban los hermanos Coutinho, Souza Machado, Peggi, el italiano, el indio Venancio y Pedro Fajardo.

Si los capturaban, la explicación era creíble, huían de las tambochas, el capataz diría lo mismo.

Al cuarto día, comenzó la crisis. Las provisiones escaseaban y el rumbero había perdido la orientación. Avanzaba a tientas, sin decir palabra para no infundir miedo. Por tres veces en una hora volvió a salir al mismo pantano. Mentalmente empezó a rezar.

Uno de los caucheros declaró que con certeza había escuchado un silbito. Todos se detuvieron, eran los oídos los que les zumbaban. Machado juraba que los árboles le hacían gestos. Estaban nerviosos, tenían el presentimiento de una catástrofe.

Alguien le hizo una pregunta al guía, y el italiano impuso silencio, porque a los pilotos y a los rumberos, explicó, no se les debe hablar.

Pero el anciano Silva, levantó los brazos y dijo:

—¡Estamos perdidos, estamos perdidos!

Al instante el grupo desventurado, con los ojos hacia las ramas y aullando como perros, elevó un coro de blasfemias y plegarias:

—¡Dios inhumano! ¡Sálvanos, mi Dios! ¡Andamos perdidos!

Estas dos sencillas palabras, cuando se pronuncian entre los montes, producen un pavor incomparable. Ni los juramentos, ni las promesas del rumbero lograban aplacar a los caucheros.

—Este viejo perdió el rumbo por querer largarse al Vaupés.

Viendo que aquellos locos podían matarlo, Silva echó a correr, pero un árbol lo enlazó por las piernas con un bejuco y lo tiró al suelo. Allí lo amarraron y Peggi los instigaba a matarlo.

—¿Quieren matarme? ¿Y cómo podrían andar sin mí? Yo soy la esperanza.

—Es preciso que viva. Pero no lo soltemos, porque se nos va.

Don Clemente los hizo entrar en la cordura. Les dijo que ya les había advertido que no podían pensar en el extravío. Les aconsejó que no miraran a los árboles porque hacen señas, ni escucharan los murmullos, porque dicen cosas. Lejos de acatar estas recomendaciones, entraron en chanzas con la floresta y les entró el embrujamiento que se transmite por contagio. Él mismo sentía el efecto de la selva. Los árboles bailaban, los bejucos no le dejaban abrir la brecha, las ramas se escondían bajo el cuchillo y querían quitárselo.

Los caucheros se pusieron a gritar hasta que la garganta se les cerró. Llegó la noche y con ella los ruidos, las voces nocturnas, los pasos medrosos, los silencios impresionantes. Don Clemente oraba porque Dios le diera una idea de cómo salir. Sólo el cielo le podía decir la orientación, ¿de qué lado sale el sol? Allí estaba la clave de su destino. El anciano se resolvió a darles un poco de esperanza y tan sólo dijo:

—¡Estamos salvados!

Los pobres no preguntaron cómo, bastaba que otro hombre lo prometiera para que todos la proclamaran y bendijeran al salvador. Cada uno se adjudicaba el mérito del milagro, unos decían:

—¡Fueron las oraciones de mi madre!

—¡Las misas que ofrecí!

—¡El escapulario que llevo puesto!

Mientras tanto, la Muerte debió reírse en la oscuridad.

Amaneció.

Comenzó a llover. Decididos, se movieron hacia el rastro del día anterior, pero con la lluvia se había borrado. Como a las nueve de la mañana, observaron un fenómeno extraño, entre las piernas les pasaban tropas de conejos, dóciles o atontados que buscaban refugio.

Momentos después un grave rumor como de linfas precipitadas se sentía venir por la inmensidad:

—¡Tambochas!

Sólo pensaron en huir. Prefirieron las sanguijuelas y se metieron en un rebalse, con el agua sobre los hombros. Un temblor continuo agitaba el suelo, al tiempo que los árboles se cubrían de un mancha negra que iba ascendiendo implacable a afligir las ramas y saquear los nidos.

Cuando calcularon que se alejaba la última ronda, pretendieron salir a tierra, pero sus cuerpos estaba entumecidos. El indio Venancio logró cogerse de algunas matas y con grandes dificultades salió. Él los ayudó después.

El primero en morir fue Pedro Fajardo.

El mayor de los Coutinho obligó a su hermano a subir a un árbol alto. Impulsado por los otros logró alcanzar la primera rama. Pero desde ahí no podía aún ver nada. Los demás desde abajo le gritaban:

—¡Hay que subir más y fijarse bien!

Locos de furor lo amenazaban. El pobre Lauro trató de bajarse. Un gruñido de odio resonó abajo. Lauro despavorido gritaba:

—¡Vienen las tambochas! ¡Vienen...!

La última sílaba se le quedó en la garganta, porque su hermano con la carabina le sacó el alma por el costado y lo hizo descender como pelota.

—¡Ay, Dios mío! ¡Maté a mi hermano, maté a mi hermano!

Y arrojando el arma se echó a correr. Todos se dispersaron para siempre.

Las noches siguientes, don Clemente los sintió gritar. A pesar de su miedo regresó a buscarlos, halló las calaveras y algunos huesos.

Vagó dos meses por los montes. Alguna mañana, observando una palmera advirtió cómo el follaje se movía en una dirección y en otra. ¿Sería cierto lo que había escuchado? Que la palmera seguía la luz del sol, como los girasoles. Al poco tiempo encontró la vaguada del río Tiquié. Ahí lo localizaron unos caucheros. Un años después se fugaba en una canoa para Vaupés.

Ahora está aquí a mi lado, esperando que raye el sol para llegar a las barracas de El Cayeno. Ha de estar pensando en su compañeros perdidos.

"No vaya usted a Yaguanarí", me aconseja siempre. Y yo, recordando a Alicia y a mi enemigo exclamo colérico:

—¡Iré, iré, iré!

Al amanecer discutíamos sobre quién habría de ir a ver a El Cayeno. Sólo uno de nosotros se podría exponer a explorar el ánimo del empresario. La misión me correspondía, pero mis amigos se opusieron a que fuera armado.

Y partí solo. Mi presencia debía pasar desapercibida, pero las figuras de mis perros hicieron imposible esta circunstancia. Martel y Dólar vinieron tras de mis pasos.

Las barracas de Guaracú eran unas casuchas habitadas por mujeres con fístulas hediondas y pañuelos amarrados en la cabeza. Apareció gente por todos lados: chicuelos y mujeres grávidas, gente enferma

Cerca de una construcción, una mujer vestida con encajes estaba en una hamaca. Era La Madona. Al verme gritó:

—¡Váquiro, Váquiro! Aquí hay un hombre.

No hallé qué decir. Me acerqué a la puerta inmediata y de ella salió un hombre con la carabina a la mano.

117

—¿Qué quiere *busté*?

—Señor. Soy Arturo Cova, gente de paz.

—¡Soy Aquiles Vácares, veterano de Venezuela, guapo *pal* plomo y *pa* cualquier hombre —y me extendió su cuadrada mano.

—¡Salud, general! —murmuré quitándome el sombrero, la señal convenida con mis compañeros para hacerles saber que el capataz estaba presente.

El Váquiro ocupó su chinchorro, era borracho, gangoso. Vestía pantalones de caqui sucios y calzaba cotizas sueltas.

Se admiró de que le hubiera dado el grado de general. Le contesté que siendo un veterano tan eminente, ese debería ser su grado.

En ese momento aparecieron mis compañeros desarmados. Yo los presenté como mis amigos y comencé a relatarle la historia que me había dicho don Clemente que le contara. Sólo que la tergiversé. Sin embargo, mi lengua adquirió un tono irresistible de convicción. Les dije que éramos barqueros del río Vaupés y que contábamos con un importante cliente en Manaos, la casa Rosas, en cuyo poder me quedaba un ahorro de unas mil libras que representaba el trabajo de penosos meses, y que habíamos perdido todo en un desafortunado accidente.

Al oír mi relato, se acercó La Madona. Prestaba atención especial a lo que contaba sobre la casa Rosas. La mujer era una hembra adiposa y agigantada, piel láctea, gesto vulgar. Me preguntó cuál de los cuatro conocía el río Vaupés y quién era el afiliado a la casa Rosas. Le respondí que los cuatro conocíamos el río y que sólo yo era el comisionista ante la casa Rosas.

Después de más explicaciones sobre nuestra supuesta desgracia, convencí al "general" Váquiros que nos prestara una canoa para enviar a Manaos el aviso de nuestra catástrofe y a traer dinero, y que nos dieran posada hasta que regresara tal expedición.

Váquiros dio la orden correspondiente y me juró con la diestra al cinto: "Dios y Federación", que me serían dadas las garantías que pedía.

Al atardecer, La Madona me hizo el honor de pasear su tedio frente a mí.

Me di cuenta que me observaba de lejos y hasta me reprochaba que no le prestara atención. Seguramente estaba intrigada por el dinero que dije tener depositado en la casa Rosas. La conclusión fue que tenía que conquistarla.

Era una mujer singular, mujer ambiciosa. Para hechizar a los hombres selváticos se ataviaba con esmero y al desembarcar en los barrancones, limpia, olorosa, confiaba la defensa de sus haberes a su prometedora sensualidad.

Veía yo cómo con su actitud se las ingeniaba para adquirir imperio sobre mi ser. ¿Ambicionaba mi oro o mi juventud? Bien podía escoger lo que le placiera, quizá como yo, del amor humano sólo conocería la pasión sexual, que no deja lágrimas sino tedio.

Por la tarde empezó a flotar una melodía semirreligiosa. La Madona tocaba entre sus piernas un acordeón. En breves minutos volví a vivir mis años pretéritos, como espectador de mi propia vida. Y recordando las circunstancias que rodeaban, lloré por ser pobre, por andar mal vestido y por el sino de tragedia que me perseguía.

Franco fue a despertarme por la mañana, pero encontró mi chinchorro vacío. Luego me fue a buscar al río donde me encontraba lavando mi ropa y me anunció:

—¡Vístete ligero, que La Madona va a proponerte una transacción!

—Mis ropas todavía están húmedas.

—Eso no importa. Ella salió del baño desde el amanecer y ya nos hizo un presente regio: galletas, café y dos latas de atún. Quiere hablar contigo a solas, ahora que el Váquiro se marchó desde temprano y volverá de tardecita.

—¿Y qué quiere decirme?

—Que le des preferencia en el negocio. Que si pides dinero para comprar el caucho al Cayeno, le tomes todo lo que tenga en depósito, así es posible que él le pague lo que le está debiendo. ¡Aprisa, vamos!

Resolví presentarme directamente con la mujer en su propia alcoba, sin anunciarme. Al verme, con fingido disgusto de mi imprudencia, ajustóse la blusa desabrochada y enmudeció.

Con fingida teatralidad le lancé un discurso que resultó contraproducente. Tuve que rehacer el camino.

Dispuesto a reparar el ridículo que acaba de hacer, me senté a su lado y le pasé el brazo por los hombros.

—¡Estos colombianos son atrevidos! —exclamó.

Durante un momento se quedó inmóvil, menos pudorosa que alarmada. Y le repliqué:

—¡Nunca se equivoca mi corazón!

Y estrechándome contra sí misma, afirmó:

—¡Ángel mío, prefiérame en el negocio, prefiérame!

Lo demás fue de cuenta mía.

Más tarde, algunos niños del campamento se acercaron pidiéndole comida, que generosa, para impresionarme, repartió entre ellos "a manos llenas". Esta acción se suspendió cuando una vieja envidiosa les gritó:

—¡Ahí viene el Güipas! ¡El viejo!

Los chiquillos salieron despavoridos. El "espanto" no era otro que Clemente Silva, ya desde pequeños los habían asustado diciéndoles que cuando crecieran él podría extraviarlos en el centro de los rebalses, donde la selva se los tragaría. Semejante castigo amedrentaba a los pequeñuelos.

El anciano sólo comentó al respecto:

—En mí le tienen miedo a su porvenir.

Pasado el incidente decidimos ir a buscar a nuestros compañeros. En el trayecto vimos a un grupo de niñas entre ocho y trece años sentadas en un círculo triste. A mis preguntas, el viejo Silva respondió:

—Éstas son las niñas de nuestros amos. Se las cambiaron a sus padres por sal, por telas y cachivaches o las arrancaron de sus hogares como impuesto de esclavitud. Su único juguete ha sido el tarro de cargar agua o cargar al hermanito sobre el cuadril.

Estremecido de indignación observé que en una choza descansaba un sujeto joven de cutis ceroso y aspecto extático. Sus ojos debían tener alguna lesión porque los velaba con dos trapitos amarrados a la frente:

—¿Cómo se llama aquel individuo que se tapó la cara como disgustado por mi presencia?

—Un paisano nuestro, es el solitario Esteban Ramírez.

Entonces acercándome al chinchorro y descubriéndole la cabeza le dije con voz tenue y emocionada:

—¡Hola, Ramiro Estévanez! ¿Crees que no te conozco?

Un singular afecto me ligó siempre a Ramiro Esténavez. Hubiera querido ser su hermano menor.

Él era magnánimo; impulsivo, yo. Él optimista; yo, desolado. Él, virtuoso; y platónico; yo, mundano y sensual. Aunque distanciados por las costumbres, nos influíamos por el contraste. Ramiro amaba de la vida cuanto era noble: el hogar, la patria, la fe, el trabajo.

Antaño, apenas supe que galanteaba a cierta beldad de categoría, le pregunté si pensaba que un joven pobre podría compartir con otra persona el pan escaso que conseguía para sus padres. Me interrumpió con una frase justa:

—¡No me queda derecho ni a la ilusión!

Y la loca ilusión lo llevó al desastre. Al poco tiempo de su fracaso sentimental no lo volví a ver.

Un gran desconcierto se produjo en él cuando nos reencontramos. Estaba cambiado, ni un apretón de manos, ni una palabra cordial, ni un gesto de regocijo por nuestro encuentro. En represalia adopté un mutismo glacial.

Aun así terminamos intercambiando información, le dije que la joven que pretendía se había casado; a esta información él sólo comentó que esperaba que no estuviera unida a un hombre pervertido. Aproveché el momento para decirle cuáles eran los motivos de mi estancia en las barracas del Guaracú:

—¡Me robé a una mujer y me la robaron! ¡Vengo a matar al que la tenga!

—Si la mujer es como la Zoraida...

—¿Viste algo...? ¿Tus ojos no están perdidos?

—Todavía no, fue un accidente que sufrí al fumigar un bolón de goma. Una rama que chirriaba me lanzó un chorro de humo.

—¡Qué horror! ¡Cómo si se tratara de una venganza sobre tus ojos!

—En castigo de lo que vieron.

Ramiro era el hombre que según me había narrado Clemente Silva, presenció la tragedia de San Fernando del Atabapo y solía relatar cómo el coronel Funes enterraba viva a la gente.

Entre las cosas que me fue comentando, resaltaba el maltrato que sufrió a manos de un hombre apodado el Argentino, por ser de aquella zona.

En el instante en que mi amigo me relataba sus abusos, llegó con una desolada fila de caucheros y con el Váquiro, un individuo que usaba abrigo impermeable y esgrimía un latiguillo de balatá, una especie de caucho.

Lo reconocí al momento. Era un colombiano muy conocido en Bogotá que había huido por cometer un fraude como cajero de la Junta de Crédito Distrital. Le decían "Petardo Lesmes", era el Argentino. Vi que era la ocasión de hacerle pagar todos los abusos que cometió con mi amigo.

Cuando me preguntó que quién era yo y qué hacía en ese lugar, me identifiqué con su apodo y le di una larga lista de fechorías que él había cometido en Bogotá. Le hice perder la paciencia. El Petardo Lemes, sin inmutarse, me argumentó en su descargo:

—Mis tías y mis hermanas pagarán todo. Además, ¿Arturo Cova igualarse a mí? ¿Cómo?

—De esta manera —le contesté, y quitándole el látigo le crucé el rostro.

El Petardo salió corriendo, gritando que le prestaran una carabina. ¡Y no me mató!

Entonces un negro corpulentísimo sonrió cuadrándose:

—Eso sí no sería con yo. ¡Si *usté* me hubiera tocado la cara, uno de los dos estaría en el suelo!

Varios del corrillo, le replicaron:

—¡No se meta de guapetón, acuérdese del Chispita, que en el Putumayo le echaba látigo retorcido!

—Sí, ¡pero *onde* lo vea le corto las manos!

Franco y yo conversábamos sobre lo que se rumoraba entre los caucheros del barrancón. A través de Ramiro nos habíamos enterado que los gomeros aplaudían la humillación del Petardo Lemes, pero se notaba entre ellos alguna inquietud indefinida:

—Nadie quiere meterse en sublevaciones —me confió Franco— desconfían de nuestros planes y de ti mismo. Suponen que los quieres acaudillar para esclavizarlos después; además yo creo que hablé con algunos delatores, porque el Petardo se quiso llevar de guía a don Clemente, sólo que el Váquiro no lo permitió.

—Es preciso que salga hoy la canoa con rumbo a Manaos y con don Clemente a bordo. Nosotros debemos permanecer aquí para garantizar el viaje de los mensajeros. A nuestro cónsul lo alcanzaremos en el Río Negro.

—Hay otro problema —me dijo Franco— don Clemente no quiere dejarte solo, que no puede admitir favores de esa mujer, quien lo tuvo de esclavo tras haber sido la querida de Lucianito.

—Si eso quedó arreglado desde ayer. ¡Se irá don Clemente con el mulato Correa y dos bogueros más! ¡Ya les tengo firmados los pasaportes y los víveres! Ya sólo falta que me ponga a escribir la correspondencia que llevarán al cónsul.

Alarmado por este informe, corría buscar a don Clemente y le rogué con acento apremiante provocando sus lágrimas.

—¡No se detenga por mis peligros! ¡Váyase con los huesos de su pequeño! ¡Piense que si se queda, no saldremos jamás de aquí! ¡Guarde ese llanto para ablandar el alma de nuestro cónsul y hacer que venga inmediatamente a devolvernos la libertad! Búsquenos en el barrancón de Manuel Cardoso; y si le dicen que nos internamos en la montaña, coja nuestra pista, que en muy breve nos encontrará.

Después, estrechando contra mi pecho al mulato Antonio Correa, le expresé:

—¡Vete, pero no olvides que merecemos la redención! ¡No nos dejen en esos montes! ¡Nosotros también queremos regresar a nuestras llanuras! ¡Si morimos en estas selvas, seremos más desgraciados que Lucianito Silva, pues no habrá quién repatrie nuestros despojos!

En compañía de Ramiro me encerré en la oficina del patrón y redacté para nuestro cónsul el pliego que debería llevar don Clemente Silva.

Esa noche, con fastidiosa desfachatez, La Madona entraba en el cuarto mal iluminado y veía cómo escribía la carta al cónsul colombiano:

—Ángel mío, ¿qué pones ahí?

—Le estoy diciendo a la casa Rosas que tienes un caucho maravilloso.

—Amor no le digas eso, porque me exigirán que les pague una deuda... La deuda no es mía, pero me ofrecí como fiadora.

Sospechando algo turbio, y pensando en Lucianito, le hice una observación:

—Ese deudor te daba lotes de caucho.

—Pero eran para mí, no para la deuda.

—¿Y dicen que lo mató un árbol? ¿No es verdad?

Sujetándola por los hombros la obligué a hablar.

—¿Es tuya la culpa de que el muchacho se matara? ¡No me niegues que se suicidó!

—¡Sí, se mató! ¡Pero no lo cuentes a tus amigos! ¡Quería que me quedara en los siringales viviendo con él! Imposible. ¡O que nos casáramos! ¡Un absurdo! ¡Y en el último viaje, cuando pernoctamos en el raudal le exigí que se volviera! Empezó a llorar. ¡Él sabía que yo cargaba el revólver entre el corpiño! ¡De pronto un disparo! ¡Y me bañó en sangre!

La Madona sacudida por el relato, fue ganando la puerta con las manos sobre la blusa, como si quisiera tapar la mancha caliente. ¡Y me quedé solo!

Entonces oí llantos, juramentos que salían de afuera, don Clemente y mis camaradas me rodearon:

—¡Me los botaron! ¡Ah, miserables! ¡Me los botaron! ¡Los huesos de mi hijo desventurado, los tiraron al río, porque La Madona, esa perra cínica les tenía miedo! ¡Mátenlos a todos...!

Momentos después vi cómo la silueta del viejo se perfilaba sobre la canoa. Aún escuchaba sus últimas recomendaciones: que él volvería y que perdonara a Alicia. Y se fue la canoa. Los viajeros agitaban los brazos en señal de despedida. Llorando, repetimos las palabras de Lucianito:

—¡Adiós, adiós!

Arriba el cielo sin límites, la constelada noche del trópico.

¡Y las estrellas infundían miedo!

Va para seis semana que por insinuación de Ramiro, escribo las notas de mi odisea.

Páginas truculentas forman la red de mi narración y la voy exponiendo con pesadumbre. No ambiciono otro fin que el de emocionar a Ramiro Estévanez con mis aventuras, confesándole por escrito el curso de mis pasiones y defectos. Puedo enseñarle las huellas en el camino, porque son efímeras, al menos no se confunden con las demás.

Escribo sin que el Váquiro se dé cuenta, pues es más ignorante que La Madona. A ratos escucho sus pasos y penetra en el escritorio para charlar conmigo. Por él me enteré, cómo junto con mi amigo Ramiro lograron huir del campamento del coronel Funes.

—Juntos nos le fugamos al indio Funes, porque sabrá *busté* que el Tomás es indio. A su amigo le consta que me vine, no por miedo, sino por no empuercarme matando al Funes. Ese bandido debe más de seiscientas muertes de puros racionales, porque a los indios no se les lleva números.

Esta es la historia que me contó Ramiro:

En el pueblecito de San Fernando, la tragedia se registró el 8 de mayo de 1913. Se produjo porque el gobernador competía comercialmente contra sus gobernados. Aunque no había establecido impuestos estúpidos, hubo quienes se pusieron de acuerdo para fraguar una conjura con el fin de suprimirlo.

129

Desde días atrás, me refirió Ramiro, yo había observado los preparativos del acontecimiento. Habían convencido a Funes de que era apto para adueñarse de la región y que hasta podría llegar a ser gobernador. Esa tarde llegó Roberto Pulido, el gobernador, de su viaje al Casiquiare. Se recogió pronto en su casa porque lo habían atacado las fiebres.

De la casa de Funes salieron grupos armados y embozados; por las tres únicas callejas del pueblo se distribuyeron para el asalto, recordando los nombres de las personas que debían sacrificar. Algunos, añadieron mentalmente a cuanto individuo les inspirara antipatías o resentimientos.

El estruendo del ataque con veinte hombres a la casa de Pulido, fue la señal para la hecatombe. ¡A tal punto cundía la matazón, que hasta los asesinos, se asesinaron! Algunos pensaron en refugiarse en la casa de Funes y allá se fueron sin saber que serían ejecutados esa misma noche.

¡Ni un grito! ¡Ni una queja!

Esa noche fue cuando el propio Funes le dio un sablazo en la cara a Vácares, es decir al Váquiro. Poco a poco fue creciendo la ola de la conquista, del sobresalto, del exterminio. Después de la tragedia, el caudillo ya tenía nombre, tenía fuerza y le habían dado a probar la sangre. Estaba listo para la gobernatura.

Él mató por suprimir la competencia; por ello, como le quedaron competidores va asesinando incluso hasta sus mismos cómplices.

En estos días viciosos, calamidades físicas y morales se han aliado contra mi existencia. Mi decaimiento tiene por causa la astenia del vigor físico, succionado por los besos de La Madona. ¡La odio y la detesto! Pero estaba obligado a disimular, en provecho de nuestros planes.

Debo reconocer que Alicia, a pesar de su inexperiencia, jamás traicionó su índole aseñorada y sabía ser digna hasta en las mayores intimidades.

Debía romper con la árabe y lo hice violentamente. Hoy no hallo la manera de reconquistarla.

Una noche en que salí a defender a unas pobres niñas de los abusos de los caucheros, uno de ellos me retó a un cambio:

—Si tanto le duele lo sucedido, hagamos un cambio: préstenos a La Madona *pa* probarla.

La aludida se ofendió porque no castigué al atrevido, al día siguiente me acerqué a pedirle perdón y la tomé de las mejillas para besarla, cuando de pronto retrocedí descolorido de emoción y gané la puerta.

—¡Franco, Franco, por Dios! ¡La Madona tiene los pendientes de tu mujer, las esmeraldas de la niña Griselda!

¿Cómo pintar la impresión penosa que fue ensombreciendo el rostro de Franco al escuchar mis exclamaciones?

—¡Quiero ver los pendientes, quiero convencerme! ¿Dónde está la turca ladrona?

—Cállate que nos pierdes —le suplicamos—. Además Zoraida venía hacia nosotros trayendo en la boca un cigarrillo sin encender.

Franco, taimado, le brindó los fósforos, y cuando la mujer se inclinó hacia la llama, lo vi dominar el impulso de agarrarla por las orejas.

—¡Ésos son, ésos son! —repetía al volver. Y se echó boca abajo en el chinchorro, sin decir más.

A mal tiempo llega la hora tan calculada, tan perseguida. Lo que pedí al futuro es presente ya. Si Barrera está por aquí, mi deber es ¡matarlo, matarlo!

¡La niña Griselda, la niña Griselda!

Franco y Helí la vieron anoche y apenas la reconocieron. Estaba parada en el puente de un lanchón, que llegó a embarcar el caucho robado por la Zoraida.

Martel y Dólar se lanzaron al agua para verla y ella, al partir el barco, se llevó a los perros.

A la noche siguiente dimos inicio a nuestros planes. Franco y Helí, con taparrabos se confundieron entre la fila de cargadores que llevaba la mercancía al lanchón, para conocer la ruta de incógnito puerto. Ramiro distrajo al Váquiro y yo a la Zoraida.

Los perros cogieron el rastro de mis compañeros y encontraron a su antigua dueña, que se los llevó, sin decir palabra.

—A no haber sido por lo cachorros —me declaraba Franco al amanecer— no la hubiera reconocido. ¡Tan espectral, tan anémica, tan consumida! Cuando nos separamos de la fila, observamos lo que pasaba, pero si hubieran descubierto nuestra presencia nos habrían asesinado. La pobre mujer, alzando una luz, miraba angustiosa a todas partes.

—Desenterraremos nuestras armas —dijo Helí— si la niña Griselda está con los perros, será fácil silbarles y así encontraremos la guarida del lanchón.

¡Hace cinco días que mis compañeros se hallan ausentes y la incertidumbre me vuelve loco!

La Madona está cavilosa y es preciso estar alerta ante ella. A veces pienso en confesarle toda la verdad, pero siempre me detengo. Decidí que lo mejor era tantearla, un día le dije que le podía ofrecer el testimonio de un hombre con el que había tenido tratos en el pasado:

—Su nombre es Ba-rre-ra.

La mujer pestañeó abriendo los labios.

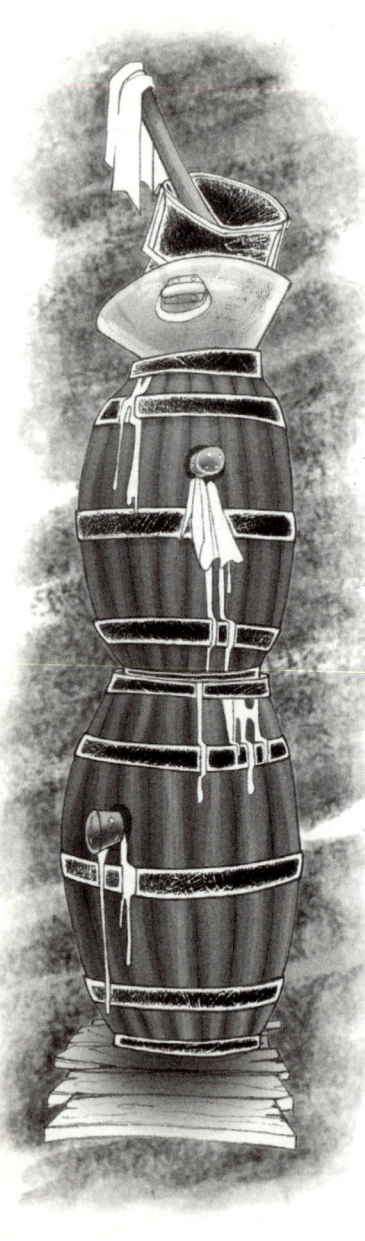

—¿Narciso? ¿Tu compatriota?

—Sí, que tiene negocios con un tal Pezil.

Al oír esto, La Madona me hizo una gran revelación:

—¡Los peones de Barrera no valen nada! Pezil tuvo que ir por los que le trajo a San Marcelino. A mí me dio una a precio de costo.

—¿Cómo se llama?

—¡No sé!

—Si hubiera venido podía pedirle informes sobre esa gente y le pediría discreción sobre un asunto tuyo en particular.

—¿En cuál?

—Zoraida, aquí todos saben que transportas el caucho de los depósitos de El Cayeno a tu lanchón y que una mujer llamada Griselda les ha escrito a mis compañeros, dando informes.

—¡Eso es una mentira! ¡Mentira!

Aunque el Váquiro estaba ebrio, tuve que ir a darle explicaciones sobre la ausencia de mis compañeros. Le dije que los había autorizado a ir a trabajar para evitar el verlos ociosos y que el único culpable de la omisión de no haberle pedido permiso para su salida, era yo. Quedó más o menos satisfecho.

Zoraida le confesó a Estévanez que el Petardo Lesmes y El Cayeno llegarían en cualquier momento y que pesaban sobre nosotros no sé qué sospechas.

Traté de minimizarlas al decir lo siguiente:

—El Petardo Lesmes me calumnia, porque soy adicto al general Vácares, y si tú, Zoraida, andas diciendo que jamás estuve en Manaos, es ignorar que para ser cliente de la casa Rosas, no es indispensable pasar el umbral de sus almacenes, al menos yo no necesité tal requisito. Por otra parte, el cónsul, mi amigo, viene a corregir no sé qué desmanes con su autoridad, tal como me lo anunció en su última carta.

Así dije. Y salí a campear mi falso orgullo de hombre influyente. Los dos, hombre y mujer no dejaban de decir:

—¡El cónsul! ¡Y son amigos!

Convencí a Zoraida de que trajera a la niña Griselda para interrogarla. Le hice creer que ella había escrito cartas comprometedoras, por lo que era preciso averiguar qué más sabía.

Cuando trataba de sonsacarle más información a La Madona, al hablar sobre la niña Griselda, dijo:

—Esa tiene malos hígados. Entre ella y "la otra" le cortaron la cara al pobre de Barrera.

¿La "otra"? La otra, la otra. ¿Quién podía ser? ¿Y por qué motivo le cortaron la cara? ¿Por celos, por venganza, por escaparse? ¿Alicia, era Alicia?

Mientras llegaba el lanchón de La Madona trayendo a la niña Griselda, Váquiro me seguía a todas partes acosándome con preguntas. Me confesó que había sido La Madona, la que había puesto en alerta al Petardo sobre el viaje de don Clemente para que montara resguardo en el rápido de Santa Bárbara, pero que la curiara había logrado pasar. Le preocupaba que el cónsul supiera que no era en realidad gomero sino bandido, pues el Petardo Lesmes, sabía por La Madona que presentaríamos testimonios en tal sentido.

Procuré deshacerme del borracho asegurándole que nada de eso era cierto, que el cónsul sólo venía a investigar las actividades del coronel Funes.

La noche era azul. Ramiro no se apartaba de la orilla para avisarme cuando llegara el lanchón. Ya no me emocionaba por la aventurera que llegaba. Me refugié en un desdén irónico.

Mientras la niña Griselda llegaba caminando acompañada por La Madona, un leve hormigueo me estremeció, una especie de parálisis en el pie derecho. Avancé sin sentir el suelo. ¡La niña Griselda corrió a abrazarme! Yo la rechacé con un ademán.

La niña Griselda se presentó y supo desarmar mi cólera cuando nos hallamos frente a frente. Convulsionada por los sollozos, cayó a mis pies.

Me incliné para levantarla, con secreta satisfacción de verla rendida. Me sentía enmudecido, pero mi orgullo se levantó como una esfinge y enmudecí: ¿preguntar por Alicia, averiguar su paradero, demostrar interés por ella? ¡Jamás!

Sin embargo creo que balbucí una pregunta, porque Griselda, sonriendo entre su llanto replicó:

—¿A cuál de *eyas* te *referís*? ¿A Clarita? Pues te tengo noticias. Ahora la tiene don Funes. Barrera se la dio en pago del permiso *pa transitá* por el Orinoco y el Casiquiare.

—¿Y la otra, la otra, cuál fue la de la cortada?

—¡Ah qué *descarríao*! ¡Conque al fin preguntas por *eya*. Confiésame primero que la Clarita fue tu *mujé*. Mauco nos lo dijo todo.

—¡Nunca!, pero dime, aquel miserable...

—Barrera nos *yevó* ese cuento, y *toas* las noches, Mauco afligía a la niña Alicia, por eso *eya* se desesperó. *Pa* obligarme a *cogé* camino con él, me cobró los regalos que me había hecho y yo no tenía con qué *pagá*, y me amenazaba con *demandá* al pobre Fidel. Le di a Barrera cuanto tenía, después de *tóo* volvió a *decime* que eras rico, que te pidiera plata *prestá*. La niña Alicia que me sentía *yorá* de noche, ofreció *ayuarme*, habando con él, *pa* conseguir que me rebajara siquiera el saldo. ¡En ésas, me pegaste y querías matarnos, y te *fuiste pa onde* Clarita, y Barrera me fue a advertir que no esperara a Franco por que tú le ibas a *meté* no sé cuántos chismes y me podía *molé* a palos. ¡Y huyendo *eya* de *vos* y yo de Fidel, nos vinimos a *buscá* la vida en el Vichada. Ya ves qué viento y tan inhumano, tan espantoso cayó sobre *tóos* y nos ha *dispersao*, que ni basuras, lejos de nuestra tierra y de nuestro cariño.

La infeliz mujer empezó a llorar y una ternura desbordante inundó mi corazón.

—¡Griselda, Griselda! ¿Dónde está Alicia?

—Tras la camorra con el Barrera, me separaron de *eya* y me vendieron ¡Debe tar en Yaguanarí! Afortunadamente, la enseñé a amarrarse las naguas, a *sabé* portarse. El Barrera estaba bien chocao. Una noche entró y destapó una *boteya* para emborracharnos y se lanzó a *forzá* a la niña Alicia, pero ésta desfondó la *boteya* contra la borda, y le hizo al bellaco de un golpe, ocho sajaduras en plena cara.

Cuando la mujer acabó de hablar, había yo partido mis uñas contra la mesa. ¡Con llameantes ojos buscaba al infame en la habitación para ultimarlo, para morderlo, para mascarlo!

La niña Griselda me suplicaba:

—¡Cálmate, cálmate! ¡Vámonos por ella a Yaguanarí. ¡Ésa es una *mujé honráa*! ¡Te juro que no la han *compraó*, porque no sirve *pa* los trabajos, porque *ta* encinta!

Al oír esto ya no supe de mí. Como ecos lejanos llegaba a mis oídos la voz de Griselda que decía:

—¡Vámonos, vámonos! Fidel y Helí me toparon esta mañana y tan en el lanchón. ¡*Tóos* reconciliados!

Indudablemente dio alarmantes quejidos porque aparecieron La Madona y Ramiro.

—¿Qué pasa?

Y la niña Griselda viéndome afónico repetía:

—Nos vamos, nos vamos ¡Dijeron los bogueros que El Cayeno púee yegá!

Zoraida empezó a arreglar los bártulos. Ramiro desconcertado me tomaba el pulso. Las mujeres trajinaban haciendo envoltorios. En breve, La Madona me preguntó si tenía alguna cosa qué llevar.

Señalando difícilmente el libro de esta historia, acerté a decir:

—¡Eso! ¡Eso!

Y la niña Griselda se lo llevó.

No acierto a describir lo que iba sintiendo. Sólo la zona del corazón y gran parte del lado izquierdo daban señales de vitalidad, ni la pierna, ni el brazo, ni la muñeca, eran algo postizo y horrible. No era alguna alucinación. Por mi pierna hinchada, fría y deforme subía una savia caliente, petrificante.

—¡Hemiplejia!

—¡Déjate sangrar!

—¡Hemiplejia! —repetía desesperado.

—¡No! ¡El primer ataque de beriberi!

Toda la madrugada estuve llorando, sin más compañía que la de Ramiro. Por la heridilla que la lanceta hizo en mi brazo, escapó la fiebre.

Alcancé a oír el altercado entre La Madona y el Váquira. Este último no dejaba marcharnos. Ramiro me informó que discutían porque el capataz había descubierto que faltaban ciento cincuenta arrobas de caucho y afirmaba que le fueron robadas. La Madona insistía en que yo respondería por ellas.

Ramiro me aconsejó que convenciéramos a La Madona para que lo devolviera y nos pudiéramos fugar. Habría que esperar a que el Váquiro se durmiera.

—Pero te irás conmigo, ¿verdad Ramiro? Nos iremos al Brasil con Alicia y nuestros amigos. ¡Hoy es sólo una madre en espera de su propio milagro! Piensa que Alicia no ha delinquido, y que yo despechado, la denigré ¡Ven, sobre el cadáver de mi enemigo habrás de vernos reconciliados! ¡Vamos a buscarla a Yaguanarí!

De repente, Ramiro desencajado, exclamó:

—¡El Cayeno! ¡El Cayeno!

Aún me estremezco ante la visión de aquel hombre rechoncho y rubio, con calva y bigotes lacios. Mandó de inmediato colgar de los pies al general Vácares y se dirigió hacia La Madona a quien le exigió que le devolviera el caucho robado. Ésta me señaló y el gabacho alevoso marchó contra mí.

—Bandido, ¿sigues alebrestándome los gomeros? ¿Dónde se hallan tus dos amigos?

Intenté levantarme y no pude, entonces el hombre me tundió en el suelo a patadas y fuete.

Cuando me enderecé, sentí que el Cayeno andaba por los depósitos. La antigua peonada invadió el patio para ver a una patrulla de indios prisioneros; entre ellos rondaba el Petardo Lesmes, de pronto lo vi sacar del montón al Pipa. ¡Al Pipa! Que venía a identificarme de acuerdo a las instrucciones del Petardo:

—¡Este es el espía de San Fernando!

—Y tú —replicó el cauchero corpulentísimo que lo seguía— eres el Chispita de La Chorrera que nos rasguñabas, y matabas a los indios a tu sabor y a mí me echabas el látigo retorcido. Préstame las uñas *pa* examinártelas.

Y tirándolo, lo llevó a rastras, entre las rechiflas de los gomeros, hasta que furibundo, le cercenó los brazos con el machete, de un solo mandoble, y boleó en el aire el par de manos.

Apenas volvió, El Cayeno reapareció, quedaron en silencio los barrancones del Guaracú.

—Colombiano —me dijo— ¡a decirme dónde está el lanchón! ¡A devolverme el caucho escondido¡ ¡A entregarme a tus compañeros!

Y cuando me metieron en la canoa y cruzábamos el río hacia el lanchón, vi por última vez a Ramiro Estévanez y a La Madona Zoraida Ayram, llorosos, trémulos, espantados.

Al verme contuso, la niña Griselda adivinó lo que había pasado. Los perros iracundos defendían el puente a grandes ladridos.

—Mujer —prorrumpí— encadena a tus animales, que el señor viene a requisar esta embarcación.

La niña Griselda trataba de explicarle que la mercancía no estaba ahí, que estaba escondida en los rebalses, que si quería podrían ir allá. El Cayeno sólo

dio órdenes a los de la canoa para que fueran por cargadores. La niña Griselda quería impedir que El Cayeno se acercara a los fardos de mercancía porque allí mal tapados estaban Franco y Helí. Trataba de distraerlo. El Cayeno los descubrió y sacando el revolver, bajó hacia ellos.

Fidel le agarró el arma con ambas manos, mientras Helí lo sujetaba por la cintura, salté como pude para auxiliarlos, pero el ex presidiario se nos zafó repentinamente y se tiró al río, sumergiéndose. Los perros lo siguieron.

Las carabinas estaban listas ya sobre la borda: "Aquí, aquí, está prendido al timón". Uno, dos, diez disparos; el hombre se puso a flotar haciéndose el muerto. Martel y Dólar seguían la ruta de sangre, hasta que vimos cómo uno de los dogos sacó a la ribera el cadáver.

¡Así murió aquel extranjero, aquel invasor, que en los lindes patrios, taló las selvas, mató a los indios, esclavizó a mis compatriotas!

Aunque el domingo intentamos tocar tierra en San Joaquín, no nos dejaron bajar, porque pensaron que estábamos enfermos, apestados. "Colombianos no, colombianos, no" y lanzaban maldiciones sobre Barrera que les llevó al río Negro la peste.

En San Gabriel, el prefecto apostólico nos acogió benévolamente y nos dio una agradable noticia: ¡don Clemente había pasado desde hacía tiempo y el cónsul de Colombia subiría a fines de la semana en el vapor Inca, que hace el recorrido entre Manaos y Santa Isabel!

En Umarituba, el beriberi me dejó la pierna dormida, insensible, pero mi alma rebrilla en mis ojos, poderosa. ¡Yo no sé lo que vaya a pasar!

Llegamos a Santa Isabel; en la agencia de vapores dejo una carta para el cónsul, en ella invoco sus sentimientos humanitarios para mis compatriotas, víctimas del pillaje y la esclavitud. En ella me despido de lo que fui, de lo que en otro ambiente pude haber sido. Tengo el presentimiento de que mi senda toca a su fin y cual sordo zumbido de ramajes en la tormenta, percibo la amenaza de la vorágine.

¡Ánimo! ¡Ánimo! Hoy llegaremos a Yaguanarí. Supimos que mi rival sale para Barcelos y es posible que se lleve a Alicia. Vemos detenidos en cuarentena a los apestados. ¡Vamos a llegar!

Escribo esto en el barracón de Manuel Cardoso, donde vendrá a buscarnos don Clemente Silva. Ya libré a mi patria del enganchador. ¡Lo maté! ¡Lo maté!

Aún me veo saltando de la curiara y preguntando a los apestados reunidos alrededor de hogueras medicinales por mi rival, antes de que él me vea. Apenas tengo tiempo de saludar a la niña Alicia, Griselda la tiene abrazada por el cuello. No sé quién me dijo que Barrera estaba en el baño. Lo hallé desnudo, junto al margen del río Yuribaxí, desprendiéndose los vendajes ante un espejo. Al verme, se abalanzó para coger el revólver, yo me le interpuse y empezó la lucha tremenda, muda, titánica.

Aquel hombre era fuerte y me derribó. Trenzábamos los cuerpos, nuestros pies chapoteaban sobre la orilla; en un supremo ímpetu, le agrandé las heridas con mis dientes y lo sumergí en el agua para asfixiarlo. Entonces, presencié el espectáculo más terrible, más pavoroso, más detestable: millones de caribes acudieron sobre el herido y aunque él manoteaba y se defendía, lo descarnaron en un segundo.

Allí quedó su esqueleto, cuando corría a buscar a Alicia. Lívida y exánime, la acostamos en el fondo de la curiara, con los síntomas del parto.

Antenoche nació el pequeñuelo sietemesino. Su primera queja, su primer grito fueron para las selvas inhumanas. ¡Vivirá! Me lo llevaré en una canoa por estos

ríos, en pos de mi tierra, lejos del dolor y la esclavitud!

Ayer en la noche fuimos atacados por los hombres de Pezil, pero los rechazamos. Los apestados insisten en aproximarse. Franco y Helí montan guardias para que no se acerquen. En otra circunstancia me sacrificaría por mis coterráneos. ¡Hoy no! Peligran Alicia y mi hijo.

Sí, es mejor dejar este rancho y guarecernos en la selva, dando tiempo a que llegue el viejo Silva. Improvisaremos algún refugio. ¡Que preparen la parihuela donde vaya acostada la joven madre! La llevarán en peso Franco y Helí, la niña Griselda portará la escasa ración. Yo marcharé adelante con mi primogénito bajo la ruana. ¡Y Martel y Dólar detrás!

Don Clemente, sentimos no esperarlo en el barrancón de Cardoso, porque los apestados desembarcan, aquí le dejo este libro y póngalo en manos del cónsul, es la historia nuestra, la desolada lucha de los caucheros. ¡Cuánta página en blanco, cuánto que no se dijo!

Viejo Silva: nos situaremos a media hora de esta barraca, buscando la dirección del río Marié. En caso de encontrar imprevistas dificultades, le dejaremos en nuestro rumbo grandes fogones. ¡No se tarde! ¡Sólo tenemos víveres para seis días!

¡Nos vamos pues!

¡En nombre de Dios!

Epílogo

El último cable de nuestro cónsul, dirigido al señor ministro y relacionado con la suerte de Arturo Cova y sus compañeros, dice textualmente:

"Hace cinco meses búscalos en vano Clemente Silva.

"Ni rastro de ellos.

"¡Los devoró la selva!"

Sobre tu lectura

1. Investiga qué importancia tuvieron los caucheros en la Colombia de los años veinte.

2. Describe la personalidad de Arturo Cova. Defínelo, apoyándote en lo que se narra en la novela.

3. ¿Te parece bien que Alicia haya huido con Arturo? ¿Por qué? Explícalo con tus palabras.

4. Realiza un ejercicio de imaginación. ¿Tú sabes lo que hacían los dueños de las empresas con los caucheros? Reúnete con otros dos amigos: uno de ustedes será el juez, otro será uno de los caucheros y el tercero, el dueño de la empresa. El juez deberá abrir un juicio contra el dueño de la empresa, basado en el testimonio del cauchero.

5. "Mientras el cauchero sangra el árbol, las sanguijuelas lo sangran a él, la selva se defiende de sus verdugos y al final el hombre resulta vencido." La anterior es una frase de don Clemente. Redacta un breve texto en el que, con tus palabras, expliques su significado.

PARTE COMPLEMENTARIA

Contexto hitórico-cultural

EN BUSCA DE UNA INDEPENDENCIA ESTÉTICA

Aun cuando todos pertenecen al mismo continente y hay una serie de elementos que los unen, cada país hispanoamericano ha tenido su muy particular proceso histórico, sus propias raíces étnicas, y su propio contexto nacional.

Grabado calle de la Ciudad de México. Siglo XIX

En consecuencia, son asimismo muy heterogéneos los rasgos sociales, culturales, económicos y políticos de cada uno de ellos. Todas estas manifestaciones, como es de suponer, se reflejan en la literatura y le confieren un sello nacional que distingue una de otra. La literatura se así convirtió en una vigorosa expresión de la realidad social y cultural de cada país, al tiempo que ha sido uno de los factores indispensables para su formación.

Fue en la época del modernismo, cuando Hispanoamérica conquistó una independencia estética con respecto a Europa. Hacia fines del siglo XIX logró desarrollar libremente en sus letras el dominio abso-

153

luto de las formas. Los modernistas rompieron con lo que proclamaban los costumbristas, y rechazaron su exagerado apego a lo regional. Y si bien dieron un visible empuje a la literatura hispanoamericana, el logro mayor se debe a la generación posterior de los escritores de tendencia criollista.

El costumbrismo, pintura: *La familia del artista...,* **de Bacile**

La literatura nacional en Colombia

Litografía de los años 20 *Montparnasse blues*

La literatura nacional colombiana empezó a cobrar auge hacia la década de 1920, diez años después de que en México apareciera la llamada Novela de la Revolución.

En esa época, en prácticamente toda la América hispana, la realidad nacional tuvo una clara evolución, que entre otras cosas, trajo como consecuencia un fuerte sentido patriótico.

De igual manera, esa misma década fue de una mayor industrialización, lo que permitió la conformación de una clase media que supo desempeñar muy bien su papel en la sociedad.

Como consecuencia de lo anterior, tuvo lugar un creciente urbanismo y un mayor acceso a la educación. Todos estos factores de la transformación social dieron paso a una comunicación más visible entre el escritor y su público, así como entre los diferentes países del continente.

La tradición literaria colombiana destaca en el ámbito hispanoamericano. Las obras consideradas como maestras, aparecieron desde los primeros años de la Conquista

El conquistador Gonzalo Jiménez de Quesada, fundador de Santa Fe de Bogotá y mariscal del Nuevo Reino de Granada, se abocó a la tarea de escribir excelentes crónicas de la época. A otro hombre contemporáneo suyo y no menos importante, Juan de Castellanos, se debe la autoría de un largo poema épico llamado *Elegías de varones ilustres de Indias*, y *El carnero*, el primer libro significativo de aquel país, escrito en castellano y en prosa, salió de la pluma de Juan Rodríguez Freile.

Jiménez de Quesada

En Nueva Granada, Hernando Domínguez Camargo escribió un largo poema heroico dedicado a San Ignacio de Loyola, en el que muestra ser el más fiel representante del gongorismo.

Durante el barroco tardío destaca la madre Francisca Josefa del Castillo y Guevara, cuya aptitud literaria queda de manifiesto en su *Vida y sentimientos espirituales*.

Ya en el romanticismo aparece *María*, de Jorge Isacs, sin lugar a dudas el máximo representante de su época,

Edición de *María*, de Jorge Issacs

Jorge Issacs

al lado de uno de los más importantes poetas líricos, Rafael Pombo. Y poco después surgieron también otros grandes como José Asunción Silva, Porfirio Barba Jacob, Rafael Maya, Germán Pardo García, y algunos más.

José Eustasio Rivera

Ya en los años veinte se distingue entre todas la novela de José Eustasio Rivera *La vorágine*, una historia que se desarrolla en tres etapas principales: la experiencia en los llanos; la experiencia en la selva tras la separación de Arturo y Alicia, y la reunión con Alicia seguida de su desaparición en la selva.

La primera etapa de la

José Eustasio Rivera

La selva
y el río

narración es esencialmente pastoril: los campos son inmensos y la perfección de la naturaleza, fascinante. Los hábitos y las particularidades de la gente del campo son fundamentales, así como las figuras contrastantes de Griselda y Alicia, quienes tienen en común enamorarse de Arturo, pese a todo.

En esta primera parte de la novela, es también sin igual la descripción que hace Rivera de Arturo en medio de la selva. Todo para él resulta extraño y hostil: los indios, la naturaleza, la falta de civilización...

Poco a poco Arturo Cova se ve disminuido física y emocionalmente, hasta que en la tercera y última parte de la historia aparece otro narrador —éste en tercera persona, a diferencia del primero que habla en primera persona todo el tiempo— para informarnos que Arturo y sus compañeros han sido devorados por la selva.

Jamás pudieron enfrentarse a la naturaleza. Nunca la relación fue de igual a igual, hasta que, como lo dice la última frase y con la que finaliza la narración: "¡Los devoró la selva!"

La vorágine ha sido precursora de muchas otras novelas en las que el tema recurrente es el hombre frente a la naturaleza, un proceso de mitificación que surgió ante el paisaje netamente americano y que dejó huella en un buen número de autores posteriores a Rivera.

Portada de la obra *La vorágine*

Comentario crítico

EL CRIOLLISMO LITERARIO

El criollismo literario fue un movimiento que apareció a finales del siglo XIX y permaneció durante las primeras décadas del XX. Su característica más sobresaliente es que logró captar fielmente las costumbres y el lenguaje del pueblo, en especial el de la clase campesina.

Campesinos y soldados mexicanos del Siglo XIX

Sin embargo, lo más importante del criollismo es que originó el posterior desarrollo de una rica narrativa regionalista, y permitió que se creara una literatura original, con una visión mucho más amplia que la que había prevalecido con anterioridad. A partir de los elementos naturales de Hispanoamérica, esta narrativa puso de manifiesto la realidad política, económica y social que entonces predominaba.

Portada de *Doña Bárbara*

Entre los principales escritores regionalistas, destaca en primer lugar José Eustasio Rivera, con su

159

Mariano Azuela

novela *La vorágine*, la historia de la selva por excelencia, publicada en 1924, y no menos importante, en la misma línea apareció el venezolano Rómulo Gallegos quien en 1929 publicó su célebre *Doña Bárbara*, la novela de los llanos; *Don Segundo Sombra*, de cuya autoría se debe al argentino Ricardo Güiraldes, quien en 1926 consagró la suya como la novela gauchesca por excelencia, y finalmente, algunos críticos de la literatura incluyen en este movimiento al mexicano Mariano Azuela, quien en 1915 dio cuenta en su novela *Los de abajo* de los sucesos de la Revolución Mexicana, que había estallado tan sólo cinco años antes.

La novela de la selva

Hacia el último tercio del siglo XIX, la novela de la selva, llamada también la novela de la tierra, fue cultivada principalmente por algunos escritores hispanoamericanos originarios de la parte del continente que va de Bolivia a Brasil.

Sin duda alguna, la novela que mejor representa este movimiento es *La vorágine*, en la que su autor logra captar lo que significa la tierra, con la exaltación propia de quien la conoce porque ha vivido en ella, pues hay que recordar que la carrera política de Rivera le permitió viajar prácticamente por todo su país, al tiempo que pudo conocer una gran parte de la zona venezolana.

En uno de esos tantos viajes que realizó, contrajo el beriberi, una enfermedad que se manifiesta con debilidad y rigidez dolorosa de los miembros, y que se debe a una severa falta de vitaminas. Pero no sólo eso, puesto que en sus desplazamientos por la selva padeció hambre, sed, fiebre y el martirio que provocan las nubes de mosquitos, propios de la región.

Así, pues, es precisamente la lucha del hombre por la supervivencia la que aparece en un primer plano en *La vorágine*: la despiadada existencia de los caucheros y la explotación de los indios y mestizos que son esclavizados en lo más profundo de la vegetación de la selva.

Recolección de café

Rivera logra captar los pormenores de la patética situación con un sorprendente sentido poético, con lo que consigue asombrar al lector, quien fascinado contempla mediante el lenguaje —en ocasiones sumamente complejo, hay que decirlo— la fuerza de la naturaleza, la cual el hombre es incapaz de domar.

Escrita en primera persona, la novela cuenta la historia de Arturo Cova, y a lo largo de sus páginas, describe pulcramente los diferentes estados de ánimo por los que atraviesa el personaje.

No obstante, estamos frente a una novela complicada, en tanto que reúne elementos muy diversos e incluso contradictorios, provenientes en su mayoría de la tradición literaria regionalista

Su título mismo nos remite a los términos "devorar", "engullir", y es que vorágine, significa entre otras cosas, el remolino impetuoso que hacen en algunos parajes las aguas del mar o de los ríos.

Muestra pues un hecho de la naturaleza, así como el carácter de la misma naturaleza como una forma capaz de realizar actos amenazadores y sorprendentes, en medio de un exótico y desenfrenado escenario, un el medio del cual, las relaciones humanas se encrespan hasta llegar a la alucinación y el horror.

Cazador de la selva, retrato de Xavier Guerrero

En este contexto, la idea del progreso y la producción es cuestionada con cierta severidad. En la selva de *La vorágine* todos —incluidos los ricos y poderosos— viven de manera precaria. El caucho no parece producir riqueza alguna; por el contrario, la existencia, en general, adquiere la forma de naturaleza, delirante y destructora, que entra en contacto con el hombre.

Una historia vívida

Los personajes que aparecen en la trama dan vida a la historia, pero quizá lo más importante es que en medio de ello, el autor vuelve a la propia selva el personaje central. Con una estructura muy abierta, la novela muestra cierta libertad de movimiento dentro del mundo que evoca y trasmite al lector aquello que los protagonistas no entienden.

Ahora bien, ¿qué oculta fuerza empuja a Arturo Cova a dejarse tragar por la selva? Detrás de esta pregunta hay realidades infinitamente complicadas. En primer lugar, el enfrentamiento entre dos fuerzas que coexisten en un mismo espacio, y que con frecuencia son tan distintas que llegan a ser iguales (o viceversa), tal como ocurre con la condición humana, llena de elementos que se contradicen y se complementan; que chocan y que al chocar, desencadenan una tremenda lucha interna. No cabe duda de que los extremos se tocan.

Pero el contraste no se puede explicar sino mediante la confrontación. Y esto es lo que ocurre claramente entre Arturo Cova y la jungla, y sin embargo el mayor de los contrastes tiene lugar cuando el protagonista se encuentra entre la vida y la muerte. El camino de crecimiento personal, que con tanta frecuencia aparece en las grandes obras literarias, es una aventura llena de

Selva amazónica

obstáculos y de luchas con fuerzas contrarias; un proceso violento en el que al final, se toma conciencia de uno mismo. La novela es ante todo la narración de una gran batalla, la de la sobrevivencia.

Lo que atrae a Arturo a la selva es el sentimiento de toda la naturaleza humana que está tan cerca del mundo natural. Pero, hundido en su mundo ideal, no es capaz de comprender los murmullos de la jungla, y mucho menos de conocer a las mujeres que ama.

Cova explica la dificultad que para él supone penetrar en el mundo de los instintos pasionales. Y confiesa que a pesar de todo busca un amor ideal que alivie y sustente a su alma, le falta algo, va en busca de algo. De ahí la importancia de la primera frase —"Antes de que me hubiera apasionado por mujer alguna, jugué mi corazón al azar y me lo ganó la Violencia"— con la cual coloca en el mismo plano la pasión amorosa y la violencia; lo que tenía que haber sido amor, se convirtió simplemente en violencia.

En Colombia se cita con frecuencia esta primera frase de la novela; ha pasado a formar parte de la cultura colectiva pertenece al mundo del mito, y se le ha dado un valor atemporal.

La injusticia social

José Eustasio Rivera. Como hombre político y funcionario público, vivió de cerca y fue testigo de los atropellos que contra los trabajadores cometían las casas explotadoras de caucho en las selvas del Amazonas. Lo que lo impulsó escribir su novela fue, en principio la intención de denunciar esa escandalosa situación, pero no a través de tediosas exposiciones parlamentarias de memorables o crónicas de efímera vida, sino presentándola del modo más vivido y realista, es decir, a través de una historia que permaneciera lo más verídica posible y que además cautivara por su interés y calidad estética.

Ilustración de una edición de
Os sertoes, impresa en 1923

Cronología

Año	En la vida de J. E. Rivera	En Colombia	En el mundo
1889	Nace en Neiva de Huila, Colombia		
1900			Sigmund Freud, el padre del psicoanálisis, publica en Viena, *La interpretación de los sueños*, una de sus obras más importantes.
1904		El gobierno del general Rafael Reyes marcó el principio de una lenta recuperación económica, tras una serie de guerras civiles en el país.	
1905			Noruega se independiza de Suecia.
1909	Obtiene el título de maestro en Bogotá.		
1910			En México estalla el movimiento de la Revolución.
1913			El presidente Francisco I. Madero es asesinado. Victoriano Huerta se proclama a sí mismo Presidente, mientras en el norte de México Francisco Villa se subleva.
1914		Colombia reconoce la independencia de Panamá y recibe por ello una compensación de 25 millones de dólares por parte de Estados Unidos.	
1915			Mariano Azuela publica en México su novela *Los de abajo*.

Año	En la vida de J. E. Rivera	En Colombia	En el mundo
1917	Obtiene un doctorado en Derecho. Decide dedicarse a la política.		
1920			A los 23 años, el novelista F. Scott Fitzgerald publica su novela *Al este del paraíso*.
1921	Es elegido parlamentario y delegado de su país en México. Publica *Tierra de promisión*, una serie de sonetos, divididos en dos partes.		
1922	Forma parte de una comisión, encargada de establecer los límites de la frontera entre Venezuela y Colombia.		
1924	Publica *La vorágine*.		
1926			En Argentina, Ricardo Güiraldes publica su novela *Don Segundo Sombra*.
1928	Muere en la ciudad de Nueva York.		
1929		Debido a la crisis mundial que ocasionó la caída de la bolsa de Nueva York, los precios del café, el plátano y el petróleo, los tres más importantes productos de exportación sumieron a la economía colombiana.	Rómulo Gallegos publica en Venezuela su novela *Doña Bárbara*.

Referencias bibliográficas

Brushwood, John, S, *La novela hispanoamericana del siglo xx*, trad. de Raymond L. Williams, col. Tierra Firme, Fondo de Cultura Económica, México, 1984.

Enciclopedia Barsa, varios volúmenes, Barsa Planeta, México, 2000.

Historia de la literatura universal, varios volúmenes, grupo editorial Planeta, España 2002.

Rivera, José Eustasio, *La Vorágine*, prólogo de Cristina Barros Stivalet, Sepan Cuantos 172, Editorial Porrúa, México, 1989.

La publicación de esta obra la realizó
Editorial Trillas, S. A. de C. V.

División Administrativa, Av. Río Churubusco 385,
Col. Pedro María Anaya, C. P. 03340, México, D. F.
Tel. 56884233, FAX 56041364

División Comercial, Calz. de la Viga 1132, C. P. 09439
México, D. F. Tel. 56330995, FAX 56330870

Se imprimió en
agosto de 2008,
en Programas Educativos, S. A. de C. V.
BM2 100 TASS